Transition

Découvertes

für den schulischen
Französischunterricht

von
Simone Bernklau
Birgit Bruckmayer
Isabelle Darras
Grégoire Fischer
Hanns-Christoph Lenz
Constanze Mack
Jürgen Mertens
Christopher Mischke
Steffen Obeling
Michael Pfau

Ernst Klett Verlag
Stuttgart · Leipzig

1. Auflage 1 6 5 4 3 2 | 28 27 26 25 24

Autorinnen und Autoren: Simone Bernklau, Oberhinkofen; Birgit Bruckmayer, München; Isabelle Darras, Paris; Grégoire Fischer, Bremen; Hanns-Christoph Lenz, Leipzig; Constanze Mack, Düsseldorf; Prof. Dr. Jürgen Mertens, Ludwigsburg; Prof. Christopher Mischke, Waiblingen; Steffen Obeling, Köln; Michael Pfau, Leipzig

Entstanden in Zusammenarbeit mit dem Projektteam des Verlages.

Externe Redaktion: Laure Boivin, Avrillé
Gestaltung: Susanne Hörner, Staufen
Umschlaggestaltung: Susanne Hörner, Staufen
Titelbild: Getty Images Plus, München (Henrik Sorensen); stock.adobe.com, Dublin (ALF photo);
Getty Images Plus, München (cachou44)
Satz: Preiselbeer Design Miriam Brusniak, Berlin
Reproduktion: Schwabenrepro, Fellbach
Druck: Himmer GmbH Druckerei, Augsburg

Printed in Germany
ISBN 978-3-12-521062-2

9 783125 210622

So lernt ihr mit Découvertes Transition

Wortschatz reaktivieren

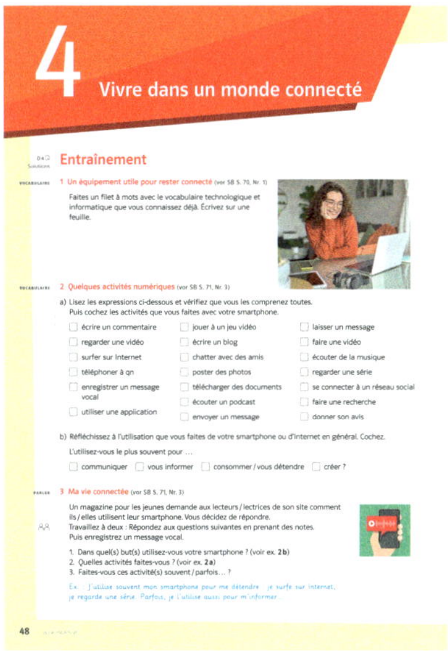

Zu Beginn des Moduls wird bereits bekannter Wortschatz reaktiviert.

Kompetenzen trainieren

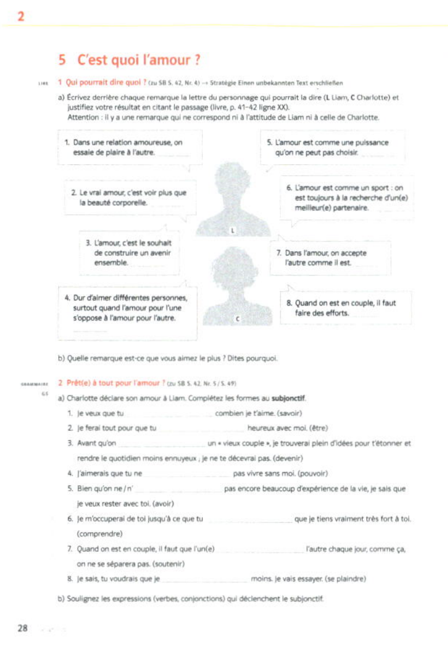

Ihr findet im Arbeitsheft zu allen Materialien des Schülerbuchs unterstützende oder ergänzende Übungen. Ihr könnt alle kommunikativen Kompetenzen trainieren, Strategien anwenden und Grammatik und Wortschatz üben.

DELF-Prüfung vorbereiten

Am Ende des Cahiers könnt ihr euch gezielt auf die DELF-Prüfung (B1) vorbereiten. Mit einer vollständigen Musterprüfung könnt ihr für die Echtsituation trainieren.

Symbole im Buch

(Symbol: zwei Personen)	Partnerarbeit
(Symbol: drei Personen)	Gruppenarbeit
zu SB 16, 1	Verweis auf die passende Stelle im Schülerbuch
G 12	Verweis auf Grammatikkapitel

→ Stratégie Sprachmittlung

Verweis auf die entsprechende Strategie im Schülerbuch

Digitales Zusatzmaterial

A 1	Audio
V 1	Video
SB A 1	Audio des Schülerbuchs
SB V 2	Video des Schülerbuchs
D 1	Dokument: Digitales Material

Audios, Videos, Dokumente und interaktive Übungen zum Arbeitsheft online und in der App verfügbar!

1. Auf **schueler.klett.de** registrieren
2. Nutzer-Schlüssel oder QR Code einlösen
3. Digitale Medien online nutzen oder in die **Klett Lernen App** laden

Nutzer-Schlüssel
sy8A-C7qY-YPEw

1 Vivre ma vie !

Entraînement – Un jeu pour commencer (vor SB, S. 10)

But du jeu :
Chaque équipe doit aller jusqu'à la case « Arrivée ». Pour cela, il faut **deviner des mots** par le dessin, le mime ou la parole.

D1 **Matériel :**
Pour jouer, il faut le plateau de jeu (plus bas),
les cartes à télécharger,
des pions de différentes couleurs,
des crayons, des feuilles et le minuteur d'un téléphone.

Règle du jeu :
Formez au moins deux équipes de deux joueurs / joueuses minimum. L'équipe qui commence avance son pion de la case « Départ » à la 1ère case. Un(e) membre de l'équipe pioche une carte (parole, dessin ou mime) qui correspond à la case où il / elle se trouve :

Parole
Il y en a deux sortes :
- Les exemples : Le joueur / la joueuse lit le titre en gras sur la carte ; son équipe doit trouver les exemples qui y sont donnés.
- Les antonymes : Le joueur/ la joueuse lit les mots en gras et son équipe doit trouver les antonymes.

Mime
Il faut faire deviner le mot en le mimant, sans faire de bruits, sans dessiner et sans montrer ou utiliser des objets.

Dessin
Il faut dessiner le mot. Le joueur / la joueuse ne doit pas parler ou faire de gestes.

L'équipe du joueur / de la joueuse doit deviner le(s) mot(s) en une minute. S'il reste du temps, le joueur / la joueuse peut tirer une autre carte de la même catégorie. Au bout d'une minute, on compte les points des mots devinés (voir chiffre sur chaque carte). Pour chaque point gagné, le pion avance d'une case sur le plateau de jeu. Puis c'est au tour de l'équipe suivante. L'équipe qui arrive en premier à l'arrivée a gagné.

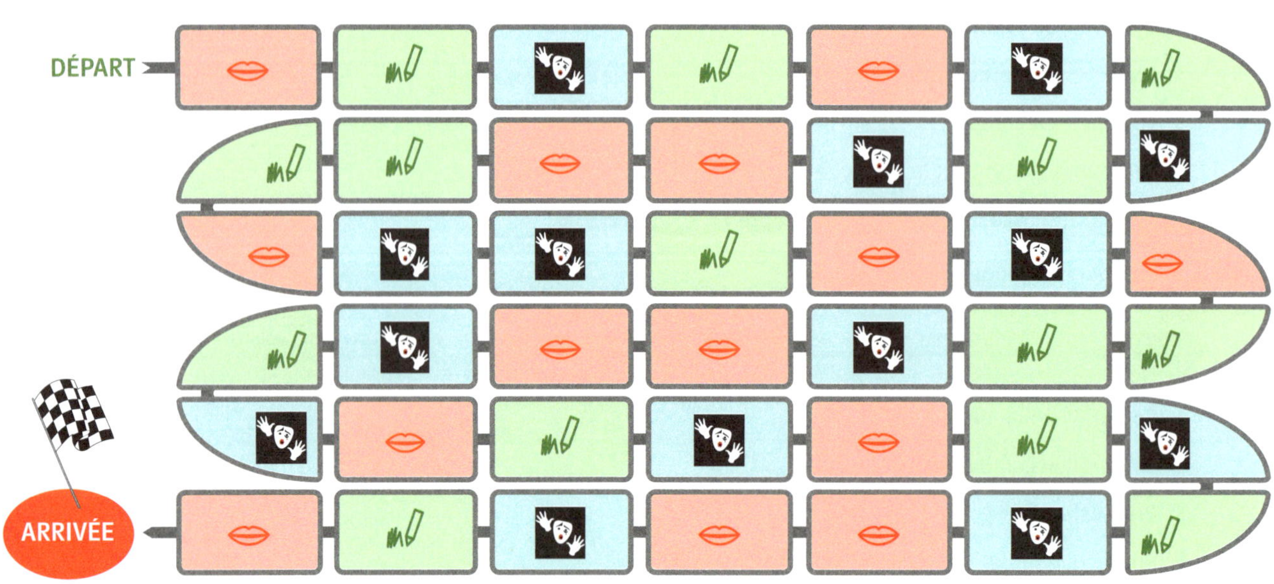

1 Les loisirs des ados : des écrans, mais pas que…

LIRE

1 Lecture stratégique (vor SB S. 13, Nr. 3) → Stratégie: Einen unbekannten Text erschließen

a) **La lecture globale** – Lisez le titre et regardez les photos à côté du texte (livre, p. 12–13). Puis lisez le texte sans chercher à tout comprendre. Cochez la bonne réponse.

Dans ce texte, il s'agit
- ☐ d'une critique des habitudes des jeunes.
- ☐ de conseils de jeunes à d'autres jeunes pour leurs loisirs.
- ☐ d'informations sur ce que les jeunes font pendant leur temps libre.

b) **La lecture sélective** – Lisez le texte. Cochez la bonne réponse. Pour cela, cherchez des mots-clés ou des chiffres dans le texte.

1. ☐ Un tiers
   ☐ Plus de la moitié
   ☐ Les trois quarts
   … des ados entre 10 et 18 ans écoutent quotidiennement de la musique pendant plusieurs heures.

2. ☐ Un ado sur deux
   ☐ Plus des trois quarts des jeunes
   ☐ Seulement une petite minorité d'ados
   … a / ont le même goût musical que ses / leurs parents.

3. Les jeunes
   ☐ regardent des séries pendant 4 heures par jour environ.
   ☐ sont environ 4 heures par jour devant leurs écrans.
   ☐ surfent sur Internet pendant 3 à 4 heures par jour.

c) **La lecture détaillée** – Lisez le texte en détail. Associez une activité à chaque personne. Justifiez vos réponses avec les lignes du texte correspondantes (l. XX). Attention : il y a deux noms et deux activités en trop (qui n'ont pas besoin de justification).

Joseph •	• passe beaucoup de temps sur son écran pour discuter avec ses amis.	l. : ______
Amir •	• aime faire du recyclage de vêtements.	l. : ______
Enora •	• peut faire des activités en écoutant de la musique.	l. : ______
Emma •	• aime écouter toutes les musiques sauf du hip-hop.	l. : ______
Manon •	• fait du running en écoutant de la musique.	l. : ______
Bruce •	• aime bien regarder les séries un peu partout.	l. : ______
Rose •	• va dans une salle de sport pour rester en forme.	l. : ______

VOCABULAIRE

2 Les mots nouveaux qu'on peut comprendre (vor SB S. 13, Nr. 4)

a) Trouvez dans le texte un mot de la même famille :

un muscle	
un jardin	
un abonnement	
une main	

b) Trouvez un mot d'une autre langue :

transformer qc	
le running	
préférer qc	
favori(te)	

c) Complétez les phrases qui vous aident à trouver le sens des mots en italique à partir de leur **contexte** dans le texte.

1. Le texte parle des « *passe-temps* » des ados (l. 39). Un *passe-temps*, c'est une activité avec laquelle on ______________________. En allemand, la signification, c'est : ___________________.
2. Manon n'est pas « *accro* » aux séries. Mais ses parents le sont : ils « peuvent regarder toute une saison en une nuit » (l. 46). *Être accro*, ça veut dire qu'on ne peut pas__________________________. En allemand, la signification, c'est : ___________________.
3. Rose parle de la « *couture* » : Elle « transforme des vieux vêtements pour en faire des nouveaux » (l. 68–70). Cette activité avec les vêtements, en allemand, c'est : ___________________.

ÉCOUTER
A1

3 Compréhension orale : Le beatbox, ça vous intéresse ? (nach SB S. 13, Nr. 5)

a) Vous allez écouter le reportage deux fois. Lisez d'abord les questions. Puis cochez la bonne réponse.

1. L'animatrice explique
   - ☐ qu'elle fait partie de la compagnie ChamploO.
   - ☐ qu'elle apprécie le travail de la compagnie ChamploO.
   - ☐ qu'elle aussi a appris à danser dans la compagnie ChamploO.

2. Selon l'animatrice, la compagnie ChamploO est une compagnie
   - ☐ de danse.
   - ☐ de beatbox.
   - ☐ d'art plastique.

3. Le but de ce cours est d'apprendre
   - ☐ les bases du beatbox.
   - ☐ les bases de la danse hip-hop.
   - ☐ le mélange du beatbox et de la danse.

4. Les ados qui participent à ce cours apprennent à
   - ☐ jouer du synthétiseur.
   - ☐ bouger en rythme avec les sons électriques.
   - ☐ expérimenter des techniques avec leur bouche et leur corps.

b) Reliez. Un nom (à gauche) peut être relié à plusieurs éléments.
Attention, à droite, il y a deux éléments en trop.

Marine	•	•	voulait d'abord faire une autre activité.
		•	se passionne pour le hip-hop.
Claudio	•	•	apprécie que quelqu'un fasse du beatbox et l'autre danse.
		•	s'entraîne déjà depuis longtemps à faire du bruit avec la bouche.
Claire	•	•	a suivi ce cours parce que ses parents l'y ont encouragé(e).
		•	a vu une vidéo sur le beatbox et voulait voir un professionnel.

2 Génération jeunes

LIRE

1 Des documents pour définir cette génération (vor SB S. 14, Nr. 1)

a) Regardez l'infographie dans votre livre p. 14. Puis complétez le texte ci-dessous avec les mots suivants.

bonheur | génération Z | personnes | cerveau | Internet | travaille

travail intéressant et bien payé | personnelle | professionnelle | les nouveaux médias

L'infographie sur la ____________ est présentée en 4 parties. La 1ère partie présente les ____________ qui font partie de cette génération. La 2e partie (en bleu) montre que ces jeunes sont nés et vivent au quotidien avec ____________. La 3e partie, qui d'après le titre s'intéresse à leur ____________, montre, entre autres, ce que c'est, pour eux, le ____________. On peut voir que, pour eux, la vie ____________ est quatre fois plus importante que la vie ____________. Enfin, dans la 4e partie, on explique comment agir si on veut que ça se passe bien quand on ____________ avec eux. Grâce à cette infographie, on apprend que, pour ces jeunes qui ont grandi avec ____________, un ____________ est très important.

PARLER

b) 1. Regardez le dessin à droite. Comment le jeune de la génération Z agit-il au travail ?

2. Retrouvez-vous des éléments de l'infographie ?

3. Le dessin présente-t-il des nouveaux aspects de la génération Z ? Discutez avec un(e) partenaire.

3 Die Jugend von heute? Ein Grund zur Freude!

MÉDIATION

1 Des mots-clés pour commencer (vor SB S. 15, Nr. 2) → Stratégie Sprachmittlung

Trouvez les parties du texte qui répondent aux questions ci-dessous. Indiquez-en les lignes.
Notez ensuite dans la colonne de gauche des éléments de réponse (mots-clés) en allemand, puis dans la colonne de droite en français.

a) Quelle est l'opinion publique sur les jeunes d'aujourd'hui qu'on trouve dans les médias ?

Lignes : ____________

Mots-clés en allemand	Mots-clés en français (paraphrase)

b) Que font Greta Thunberg, Felix Finkbeiner et le petit Emil de Hambourg ?

Lignes : ______________

Mots-clés en allemand	Mots-clés en français (paraphrase c)

c) Comment sont les jeunes d'aujourd'hui, en réalité, selon l'auteur ?

Lignes : ______________

Mots-clés en allemand	Mots-clés en français (paraphrase)

4 Mon style

VOCABULAIRE

1 Décrivez-nous cet homme ! (vor SB S. 17, Nr. 1)

Travaillez à deux. A est un(e) témoin (*Zeuge / Zeugin*), B un policier / une policière. La police (B) recherche un homme que le / la témoin (A) a vu. A choisit une photo et décrit l'homme. B devine qui c'est. Puis changez de rôle.

A

B

C

EXPRESSIONS UTILES

- **voir On dit, livre, p. 17** *(Précisez la couleur des vêtements.)*
- Autres expressions :
  Il porte… des lunettes, une barbe *(Bart)*.
  Il a les cheveux courts, longs…, blonds, bruns…
  Il a un style normal, gothique, hipster…

ÉCOUTER ET REGARDER

2 Cyprien : le style vestimentaire (nach SB S. 17, Nr. 2)

Cherchez sur Internet la vidéo du youtubeur Cyprien intitulée *Le style vestimentaire*. Regardez-la deux fois (jusqu'à 3'26). Lisez d'abord le vocabulaire à droite. Puis cochez la bonne réponse ou écrivez l'information demandée.

POUR VOUS AIDER
un(e) gamin(e) *(fam.)* un enfant
un pote *(fam.)* un copain
déterminer bestimmen
épatant(e) fantastique
cautionner gutheißen
un col Kragen

1. Selon Cyprien, quand il était enfant, sa mère l'habillait…
   ☐ comme il le voulait.
   ☐ comme on habillait les enfants à l'époque.
   ☐ exprès avec les vêtements les moins beaux.

2. Au collège, il a choisi un style…
   ☐ original. ☐ normal. ☐ à la mode.

3. Le style de Cyprien… ☐ copie celui de ses copains.
   ☐ change quand la mode change.
   ☐ reste le même pour éviter une réaction négative de ses amis.

4. Quand l'ami de Cyprien est devenu gothique, une chose a semblé bizarre au youtubeur :
   ☐ Le style gothique n'allait pas à cet ami.
   ☐ L'ami est devenu gothique tout à coup.
   ☐ Cyprien devait toujours parler de musique avec lui.

5. Cyprien se moque de la mode : quand on trouve ______________________ pour un style de vêtements, même si ce n'est pas beau, c'est accepté.
   Par ex., quand un pantalon est trop petit, il faut dire : c'est un ______________________.

6. Cyprien n'aime pas les gens qui ☐ veulent ressembler à des hipsters.
   ☐ mélangent différents styles.
   ☐ retournent le col de leur polo.

7. À la fin de la vidéo (3'10 – 3'27), trouvez un exemple qui montre que Cyprien exagère (*übertreibt*).

5 Le choix des vêtements

PARLER

1 Tenue correcte exigée à l'école (nach SB S. 17)

a) Regardez le dessin. À partir du titre, présentez le sujet du dessin. Utilisez un dictionnaire si nécessaire.

b) Quels vêtements porte la jeune fille de droite ?

c) Sur quoi porte le commentaire de la jeune fille de gauche ?

d) Expliquez comment le dessinateur apporte un peu d'humour sur un sujet sérieux et / ou polémique.

e) À votre avis, peut-on avoir le style qu'on veut au collège / lycée ? Y a-t-il / doit-il y avoir des limites ? Si oui, lesquelles ?

6 Les populaires

LIRE

1 Compréhension du texte (vor SB S. 19, Nr. 4)

a) Après avoir lu le texte *Les populaires*, lisez les titres suivants et mettez-les dans le bon ordre.
Attention : il y en a deux en trop.

A Travailler ? Quelle honte !
B Être original(e) = être out !
C Seul modèle : la chef du populaire
D Les nouveautés : toujours un succès !
E Nouvelle journée = nouveaux vêtements
F Lancer une mode – quelle chance !
G Être validée – ouf !

L'ordre : ______________________

b) Vrai ou faux ? Justifiez votre choix en citant la ligne (livre, p. 18–19) ou corrigez la phrase.

Voici les règles très importantes pour celles qui appartiennent aux populaires :

1. Chaque jour, il faut changer de vêtements. N'ayez jamais le même look.

____

2. Il faut donner les vêtements qu'on n'utilise plus aux pauvres.

____

3. On a de l'argent. Donc, pas besoin de trouver un petit boulot.

____

4. Il faut un sac Balenciaga pour rester dans le groupe des populaires.

____

5. Portez les mêmes chaussures que les stars et vous serez validée.

____

6. Tout ce qui compte, c'est d'avoir un look qui suit la dernière mode.

____

7. C'est interdit de parler de mode avec les parents – ils n'y comprennent rien.

____

VOCABULAIRE

2 Un peu de français familier (vor SB S. 19, Nr. 4)

Trouvez pour les mots et structures en français familier (en italique) des mots ou structures en français standard qui veulent dire la même chose. Reformulez les phrases. Écrivez sur une feuille.

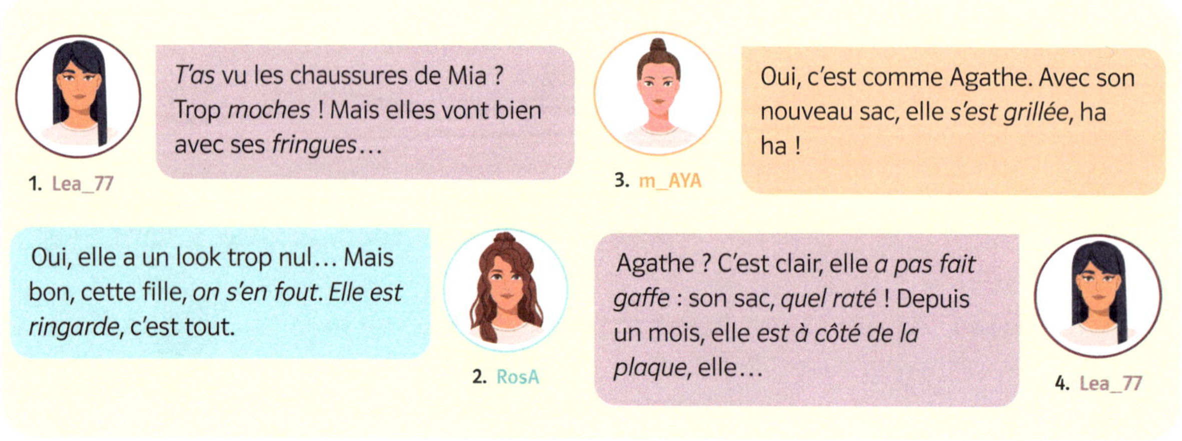

LIRE

3 Le défilé des pingouins … (nach SB S. 19, Nr. 8)

La marche de l'empereur nom d'un documentaire sur les pingouins (*hier:* Vergleich der Gangart der Frauen mit der von Pinguinen) • **un talon** Absatz • **acerbe** beißend • **un moment d'exutoire** eine Zeit, bei der man seinen Stress an jdm. anderen auslassen kann

a) Lisez l'extrait de la BD *Celle que je suis*. Décrivez la situation en une phrase. Aidez-vous des mots-clés.

un groupe de filles   d'autres filles   le style vestimentaire   commenter   critiquer

b) Quels adjectifs conviennent pour caractériser Émilie (la 2e fille en partant de la gauche sur la vignette 1) ? Entourez les bons adjectifs.

timide   arrogante   triste   gentille   sûre d'elle   heureuse   sympa   dominante

c) Répondez aux questions et justifiez votre réponse par un passage de la BD.
1. Quelle remarque blessante fait Émilie sur les deux filles qui passent ?
2. Comment réagissent les copines d'Émilie ?
3. Savent-elles que leur comportement n'est pas sympa vis-à-vis des autres ?

d) Voici quelques aspects qu'on retrouve dans l'extrait *Les populaires* et dans la BD. Complétez le tableau en précisant l'aspect à l'aide d'un exemple tiré des textes.

	Les populaires	*Celle que je suis*
appartenir à un groupe	La protagoniste appartient au groupe des populaires.	Émilie est avec ses amies, elle se sent forte.
« valider » qn (ou pas)		
l'importance du style vestimentaire		

GRAMMAIRE
G1

4 Les pronoms – il faut s'y mettre ! (zu SB S. 28)

RAPPEL Les pronoms
Je donne mes vieux vêtements aux pauvres. donner qc à qn
Pronoms objet direct : **me, te, le, la, l' ; nous, vous, les** → Je les donne aux pauvres.
Pronoms objet indirect : **me, te, lui ; nous, vous, leur** → Je leur donne mes vêtements.
Les pronoms adverbiaux **y** et **en** : Tu vas au magasin de vêtements ? Oui, j'y vais.
Tu rêves toujours d'un nouveau look ? Oui, j'en rêve.
→ La place des pronoms dans la phrase : voir G1, livre, p. 158

a) Complétez avec un **pronom objet direct** ou un **pronom adverbial**.
Choisissez le **bon temps** et faites attention à la **place** du pronom.

Jade et Alba, deux amies, discutent.

Jade : Demain, tu vas retrouver la populaire après les cours ?
Alba : Oui, je ______________________________ en ville. Je vais au café Buzz. Toi aussi ?
Jade : Non, je ________________ . Tu peux demander à la populaire si je peux venir ?
Alba : Non, je ne peux pas ________________ ça. C'est elle qui décide quelle fille reçoit une invitation. Si tu ____ rêves, tu dois te débrouiller. Elle ne supporte pas tes lunettes, par ex. …
Jade : Ah… moi non plus, je ______________________________ ! Je vais ________ changer.

b) Employez un **pronom objet indirect** ou un **pronom adverbial**.

Quelques jours plus tard, Jade a de nouvelles lunettes. Elle écrit dans son journal intime.

J'espère que la populaire __________ fera un signe pour valider mes lunettes. Obtenir l'accord de mes parents pour en acheter de nouvelles a été difficile : j'ai dû ____________ faire croire que je / j' __________ avais vraiment besoin… Est-ce que la populaire va se moquer de ces lunettes ? Si elle ne se / s' _________ moque pas, je serai validée. J'espère que mon style _________ plaira, je peux ________ arriver !

c) Employez les **pronoms** qui conviennent et complétez les phrases au **temps indiqué**.

La mère : Alors, Jade, ta journée s'est bien passée ?
Jade : Bof. La populaire ____________________________ (ne pas dire bonjour à Jade, p.c.). Je n'ai pas choisi les bonnes lunettes. Il y a des nouvelles photos de stars avec des lunettes, mais personne ne / n' ____________________________ (montrer les photos à Jade, plus-que-parfait). Alba ____________________________ (envoyer les photos à Jade, p.c.) aujourd'hui seulement.
La mère : Sois sûre de toi face aux autres : ________________ (montrer aux autres, impér.) que tu as ton propre style, ils ______________________ (valider le style, fut. simple). Courage !
Jade : Je / j' ______________________________ (avoir besoin de courage, fut. composé).

7 Dommage

GRAMMAIRE
G2, G3

1 Tu devrais t'entraîner ! (vor SB S. 21, Nr. 6 / zu S. 29–30)

RAPPEL Le conditionnel présent

Bildung:

- Regelmäßige Verben: Das **Conditionnel présent** wird genauso wie das **Futur simple** abgeleitet:
  An das -r des Infinitivs werden die Endungen des **Imparfait -ais**, **-ais**, **-ait**, **-ions**, **-iez**, **-aient** angehängt.

trouver → je trouve**rais**	partir → on parti**rait**	connaître → vous connaît**riez**
comprendre → tu comprend**rais**	rire → nous ri**rions**	mettre → elles mett**raient**

- Unregelmäßige Verben

mit einfachem „r"		mit „rr"	mit „dr"
avoir → j'aurais	aller → j'irais	voir → je verrais	venir → je viendrais
être → je serais	devoir → je devrais	pouvoir → je pourrais	vouloir → je voudrais
faire → je ferais	savoir → je saurais	envoyer → j'enverrais	falloir → il faudrait

Gebrauch:

- **Wunsch:** J'aimerais devenir chanteuse.
- **Vermutung:** Le monde serait à tes pieds !
- **Ratschlag:** À ta place, je continuerais à rêver.
- **Möglichkeit:** Je connais quelqu'un qui pourrait peut-être t'aider.
- **Höfliche Bitte:** On n'entend rien, vous pourriez parler moins fort ?

→ Le conditionnel passé : voir G2, livre, p. 159

RAPPEL La phrase conditionnelle I et II

Erfüllbar:	Si tu peux sortir, je viendrai avec toi / tu m'appelles / dis-le moi. (si … + **présent**) (**futur simple** / **présent** / **impératif**)
Möglich, aber nicht sicher / wahrscheinlich:	Si j'avais plus de temps libre, je sortirais plus. (si … + **imparfait**) (**conditionnel présent**)

→ Le conditionnel passé et la phrase conditionnelle : voir G3, livre, p. 159

a) Complétez les phrases conditionnelles (I et II) avec les verbes donnés au **temps qui convient**.

Le père : Julien, si j'étais toi, je / j' ____________ (travailler) dur pour avoir de bonnes notes. Si tes amis et toi rentriez plus tôt le soir, tu ____________ (dormir) plus et tu ____________ (être) moins fatigué le lendemain. Tu ____________ (avoir) des super notes si tu étais en meilleure forme, tu es doué. Et cet été, si tu veux, nous ____________ (faire) un voyage ensemble.

Julien : Cet été, je ____________ (préférer) partir avec les copains si tu es d'accord.

b) Le père de Julien travaille beaucoup. Selon Julien, il faut que son père se repose l'été. Quels conseils est-ce que Julien pourrait lui donner ? Mettez-vous à sa place.

1. Papa, cet été, tu (devoir, pouvoir)… ____________
   ____
2. À ta place, je… ____________

c) Diego (livre, p. 20) a des regrets… Complétez les phrases en utilisant le **conditionnel passé**.

Diego : Mais qu'est-ce que je / j' ______________ (devoir) faire ?

Un ami : D'abord, si tu n'étais pas resté à la maison, tu ______________ (ne pas engueuler) ton petit frère et il ______________ (ne pas être) triste. Ensuite, toi et tes copains, vous ______________ (s'amuser) toute la soirée.

Diego : C'est vrai, on ______________ (passer) un bon moment. Mais les copains ______________ (pouvoir) me le dire avant. J'y ______________ (réfléchir).

d) Formulez des phrases en employant le **conditionnel passé** et **le plus-que-parfait**.

1. Si Louis… ne pas être timide… il… réussir à parler à la fille du bus.

____

2. Si Yasmine… oser chanter… elle… recevoir peut-être des compliments… et elle… devenir peut-être une chanteuse célèbre.

____

____

____

3. Diego… tomber amoureux d'une femme géniale… s'il… aller à la soirée.

____

8 Regard sur soi, regard des autres

ÉCOUTER
SB A1

1 Compréhension orale (vor SB S. 22, Nr. 2)

a) Écoutez le document jusqu'à 3'15 et cochez les bonnes réponses.

1. Zoé…
   - ☐ a peur de faire mauvaise impression.
   - ☐ se demande parfois qui elle est.
   - ☐ aime le mot « costaud ».
   - ☐ ne supporte pas qu'on lui dise quoi faire.
   - ☐ se sent mal à chaque fois qu'elle se regarde.
   - ☐ se trouve parfois belle.
   - ☐ fait parfois du sport.
   - ☐ trouve que le ton d'un conseil est important.

2. Yvanna…
   - ☐ ne s'aime pas vraiment.
   - ☐ est sûre d'elle maintenant.
   - ☐ a un père très dur avec elle.
   - ☐ a une image d'elle moins positive aujourd'hui qu'avant.
   - ☐ a des bonnes copines qui l'ont aidée.

3. Valentin…
   - ☐ n'aime pas son corps.
   - ☐ n'a plus de problèmes de prononciation.
   - ☐ trouve que certains élèves ont besoin de grandir.
   - ☐ n'aime pas sa voix.
   - ☐ n'arrive pas à s'accepter comme il est.
   - ☐ se défend contre les moqueries.

b) Écoutez le document de 3'15 jusqu'à la fin et reliez. (À droite, il y a des éléments en trop.)

Zoé •
Yvanna •

- ne donne aucune importance aux gens qui la trouvent grosse.
- se juge elle-même assez durement.
- suit toujours les dernières modes à l'école.
- doit s'acheter ses vêtements de marque elle-même.
- trouve du courage grâce aux changements dans la société.

MÉDIATION

2 Männliche Schönheitsideale (nach SB S. 22, Nr. 4) → Stratégie Sprachmittlung

Vous avez récemment discuté avec votre correspondant(e) français(e) de l'influence que les réseaux sociaux ont sur les filles et de l'image qu'elles ont d'elles-mêmes. Aujourd'hui, vous tombez sur un article qui ajoute une autre perspective au sujet. Vous voulez lui en présenter les idées principales.

Warum nicht nur Frauen Body Positivity brauchen

#notheidisgirl, Debatten, Plakatwerbung und Diätwahn haben fast immer Frauen im Blick. Dabei sind auch viele Männer ständig Körperidealen ausgesetzt, denen sie nur schwer entsprechen können – mit zum Teil üblen Folgen.

Ein markantes Gesicht muss er haben, mindestens 1,80 groß sein und nicht so ein dünner Spargel, dann lieber ein Bär. Wenn man Frauen auf der Straße danach fragt, was ein Mann für sie haben muss, dann wird schnell klar: Den Druck, dem Ideal eines begehrenswerten, perfekten Körpers zu entsprechen, belastet längst nicht mehr nur Frauen, sondern auch Männer. [...]

Jungs [...] nehmen sich gut gebaute, muskulöse Promis zum Vorbild. Sie eifern ihnen nach und wollen aussehen wie sie. Genau solch ein Traumbild verkörpert für viele Daniel Aminati. Und der Moderator mit dem eigenen Fitness-Programm weiß das auch.

„Ich kriege solche Mails jeden Tag. Ein Mann will Bizeps haben, Sixpack haben, breite Brust ... Oft haben die Kids das Gefühl, dass sie durch einen schönen Körper mehr Anerkennung bekommen, dabei sollte es darum gar nicht gehen, sondern dass man sich einfach von innen selbstbewusster und wohler fühlt." Daniel Aminati [...]

Der absolute Deal-Brecher für viele Frauen ist die Körpergröße

Ein paar Muckis mag sich ja vielleicht noch jeder irgendwie antrainieren können. Bei dem „Makel" der fehlenden Körpergröße sieht es aber anders aus: Als kleiner Mann mal eben zu einem 1,90 m-Goliath zu mutieren – schlicht unmöglich. Da bringt auch kein Fitness-Abo was. Und damit klarzukommen ist sehr hart für viele Männer. [...]

Über seine Unsexiness zu sprechen, könnte die Lebenserwartung steigern

[...] Jungs holen sich bei körperlichen Unsicherheiten viel zu selten Hilfe. [...] Leider sieht es im Vergleich zu Frauen für viele junge Männer oftmals sehr mau aus, was Anlaufstellen explizit für sie angeht. [...] Wer als Junge oder Mann über seine persönlichen Probleme sprechen möchte, kann sich per E-Mail mit dem Institut (Institut für Jungen- und Männerarbeit München) in Kontakt setzen.

Bayern 3, 28.08.2020

a) Lisez l'article, puis paraphrasez les expressions suivantes en français. Écrivez sur une feuille.

1. im Blick haben (l. 3)
2. (einer Sache) nur schwer entsprechen können (l. 5)
3. mehr Anerkennung bekommen (l. 25)
4. ein Deal-Brecher (l. 28)
5. die Unsexiness (l. 37)
6. sich in Kontakt setzen mit (l. 45)

b) Cherchez des mots-clés qui aident à répondre à ces questions (écrivez-les sur une feuille) :

1. Qu'est-ce que les jeunes hommes aimeraient souvent changer chez eux ?
2. D'où vient la pression et par conséquent le désir de changer des choses chez eux ?
3. D'après l'article, qu'est-ce qui pourrait aider les jeunes hommes ?

ÉCRIRE

c) Rédigez maintenant un e-mail en français à votre corres dans lequel vous lui présentez les idées principales de cet article.

9 Fille cherche « hamster »

LIRE

1 Compréhension du texte (vor SB S. 24, Nr. 2)

Lisez le texte. Cochez la bonne réponse et justifiez votre choix en citant la ligne (livre, p. 23–24) ou complétez la phrase.

1. À l'âge de 12 ans, Fatima
   - ☐ veut toujours s'habiller comme un garçon.
   - ☐ insiste pour porter seulement des vêtements de fille.
   - ☐ n'est pas consciente des vêtements qu'elle met.

   Justification : ______________________________

2. Lorsque Fatima a ses règles pour la première fois, elle se sent ______________________________.

	vrai	faux
3. Quand Fatima sort de l'hôpital de Montfermeil, elle est en forme. Justification : ______________________________	☐	☐
4. Quand elle voit Fatima sortir de l'hôpital, Rokya s'inquiète un peu. Justification : ______________________________	☐	☐

5. Fatima avoue à Rokya qu'elle a commencé à utiliser ______________________________.

6. Fatima recherche
   - ☐ un petit copain.
   - ☐ un petit animal.
   - ☐ une petite copine.

   Justification : ______________________________

7. Rokya pense qu'à Clichy,
   - ☐ les habitants aiment se cacher.
   - ☐ il y a beaucoup de personnes comme Fatima.
   - ☐ ça va être difficile pour Fatima de trouver ce qu'elle cherche.

   Justification : ______________________________

VOCABULAIRE

2 Les sentiments (vor SB S. 24, Nr. 2)

a) Associez les sentiments / émotions / attitudes à droite aux photos.

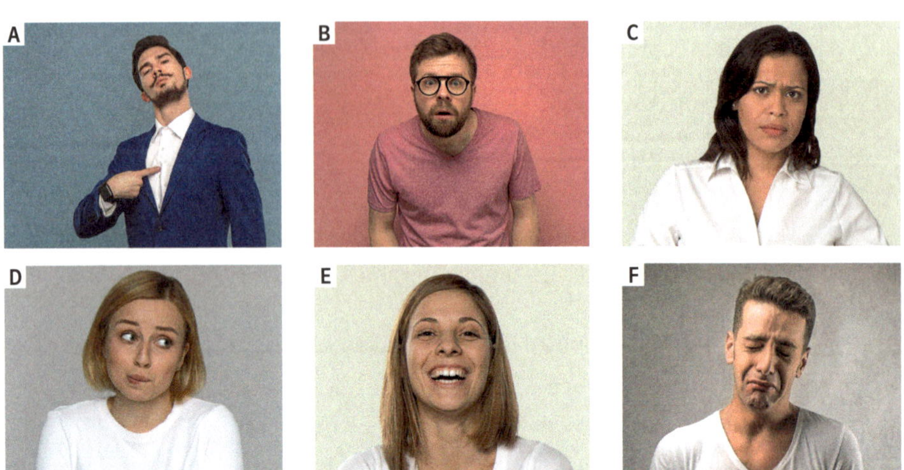

1. content(e)
2. triste
3. curieux / curieuse
4. inquiet / inquiète
5. honteux / honteuse
6. fier / fière

b) Choisissez deux des émotions / attitudes suivantes et jouez-les (mimique, gestes) à tour de rôle. Votre partenaire devine de quelles émotions il s'agit.

amoureux / amoureuse | timide | énervé(e) | bête | arrogant(e) | méchant(e) | paniqué(e)

LIRE

3 Caractériser des personnages (vor SB S. 24, Nr. 6) → Stratégie Personencharakterisierung

a) Les sentiments de l'exercice 2 a) permettent de caractériser les personnages du texte (livre, p. 23–24). Associez chaque sentiment à une des protagonistes (Fatima ou Rokya) et expliquez pourquoi elle ressent cette émotion (justifiez avec des lignes du texte).

triste	Qui ? ______	contente	Qui ? ______
Pourquoi ? ______ ______ ______ (lignes : ____)		Pourquoi ? ______ ______ ______ (lignes : ____)	
inquiète	Qui ? ______	curieuse	Qui ? ______
Pourquoi ? ______ ______ ______ (lignes : ____)		Pourquoi ? ______ ______ ______ (lignes : ____)	
honteuse	Qui ? ______	fière	Qui ? ______
Pourquoi ? ______ ______ ______ (lignes : ____)		Pourquoi ? ______ ______ ______ (lignes : ____)	

b) Caractérisez Rokya en complétant les phrases suivantes à propos de son comportement.

1. Rokya vient chercher Fatima à l'hôpital. Elle veut savoir comment va son amie. Quand Fatima lui dit qu'elle veut rencontrer quelqu'un sur Internet, elle lui conseille de ne pas faire ça.

Le comportement de Rokya montre que / qu' ______________________________
______________________________.

2. Quand Fatima avoue qu'elle ne s'intéresse pas aux garçons, Rokya sourit et fait une blague.

Son comportement montre que / qu' ______________________________.

ÉCRIRE

4 Cher journal (vor SB S. 25, Nr. 7)

Rokya réfléchit à sa rencontre avec Fatima (texte du livre, p. 23–24).
Mettez-vous à la place de Rokya et écrivez ce qu'elle note dans son journal intime.
Utilisez les mots donnés.

confier qc à qn | le comportement | homosexuel / homosexuelle | avouer qc à qn | le caractère

oser faire qc | la curiosité | fier / fière (de qc / qn) | se moquer de qn | réservé(e)

regretter (par ex. : Si elle n'avait pas…, elle l'aurait regretté.) | sûr de soi (sûr de lui / sûre d'elle)

2 Vivre ensemble

D2 Solutions

Entraînement

VOCABULAIRE

1 Il faut qu'on en parle ! (nach SB S. 33, Nr. 2)

Trouvez l'intrus (le mot / l'expression qui a une signification différente). Justifiez votre choix.

a) 1. un comportement 2. une réaction 3. un vêtement 4. une relation
b) 1. faire les devoirs 2. faire le ménage 3. faire la cuisine 4. faire la vaisselle
c) 1. Il est important que… 2. Il est nécessaire que… 3. Il est exact que… 4. Il faut que…
d) 1. permettre 2. interdire 3. laisser 4. autoriser
e) 1. Ne t'en fais pas. 2. Ça va aller. 3. Ce n'est pas grave. 4. C'est énervant.

ÉCRIRE

2 Écrire un message (nach SB S. 33, Nr. 2)

Imaginez : Un père / Une mère qui n'est pas content(e) du comportement de son fils / sa fille ado veut lui parler. Mais le / la jeune ne semble plus réagir quand on lui parle, alors l'adulte lui écrit un message.

a) Choisissez au moins un mot de chaque ligne (a–e) de l'exercice 1 (parmi les trois qui restent après avoir barré l'intrus) et écrivez ce que le père / la mère lui dit.

b) Rédigez la réponse de l'ado.

PARLER

3 Se plaindre[1] et se justifier (nach SB S. 33, Nr. 2)

Travaillez à deux. Le parent (partenaire A) se plaint d'une chose que le / la jeune (partenaire B) a faite. Imaginez cette chose et confrontez votre fils / fille. Le partenaire B (fils / fille) réagit spontanément (par ex. : justification, explication, excuses, compréhension, attaques, etc.). Puis changez de rôle.

VOCABULAIRE

4 Moi et les autres (nach SB S. 33, Nr. 2)

a) Écrivez chacun des mots suivants dans la catégorie du tableau qui, à votre avis, pourrait convenir. Notez à côté de chaque mot si vous le considérez plutôt comme positif (+), négatif (–) ou neutre (+ –).

tard | tôt | les notes | les réseaux sociaux | la télé | malpoli(e) | sortir | une discothèque

vulgaire | familier / familière | des gros mots | se coucher | un ordinateur | faire la fête

les devoirs | travailler | réussir | jouer | le cinéma | traîner | un examen | s'exprimer

les copains | les jeux de société | une console de jeux vidéo | un smartphone | dormir

les rêves | une tablette | rater | lire | le théâtre

Puis travaillez à deux et comparez vos résultats pour chaque mot. Quand vous n'êtes pas d'accord, justifiez votre choix.

1 **se plaindre** sich beklagen

L'école	+/−	Le langage	+/−	Les loisirs	+/−	Le sommeil	+/−

b) Regardez le dessin à droite : décrivez la situation. Quelle est la source de conflit ? Comment le / la jeune se justifie-t-il / elle ?

POUR VOUS AIDER

frapper klopfen

c) Choisissez pour chaque catégorie de la partie **a)** un mot qui pourrait représenter une source de conflit dans la famille et justifiez votre avis.

Exemple : Catégorie « L'école ». Mot : *Les notes*.
Justification : *Si le / la jeune a des mauvaises notes et si les parents ont l'impression que leur enfant ne travaille pas assez, il peut y avoir des discussions ou des disputes dans la famille.*

1. L'école : ______________________
Justification : ______________________

2. Le langage : ______________________
Justification : ______________________

3. Les loisirs : ______________________
Justification : ______________________

4. Le sommeil : ______________________
Justification : ______________________

1 Une sœur

VOCABULAIRE

1 Le sociogramme de votre famille (vor SB S. 34, Nr. 1)

a) Dessinez un sociogramme de votre famille. Vous êtes libres de choisir les membres que vous nommez (votre mère, votre père, vos frères et sœurs, vos cousin(e)s, vos grands-parents, etc.).

b) Notez pour chaque personne une petite remarque concernant votre relation (par ex. « toujours là pour moi », « très gentil(le) avec », « (m')aime beaucoup », « (m')aide quand il y a des problèmes »…).

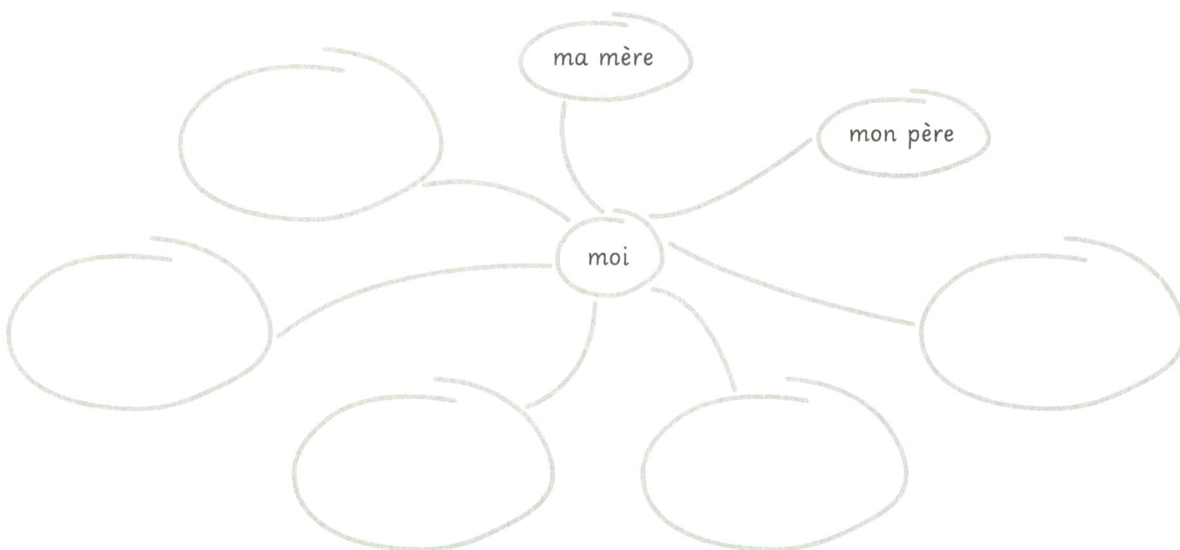

ÉCRIRE

2 Écrire une déclaration d'amour (vor SB S. 35, Nr. 6)

a) Pour préparer votre déclaration (livre, p. 35, ex. 6), complétez le tableau suivant en pensant à une personne qui est importante dans votre vie. Regardez l'exemple.

Qui ? mon meilleur copain		
des moments passés / des situations vécues ensemble au quotidien, en vacances, etc.	**un comportement / un trait de caractère positif (adjectifs ou substantifs)**	**un compliment avec une comparaison, une métaphore (par ex. : … comme un/une…, plus qu'un/une…)**
J'ai des problèmes dans certaines matières à l'école.	prêt(e) à aider – une aide, un soutien	aide mieux qu'un tutoriel ou qu'un professeur

b) Rédigez une sorte de refrain pour votre déclaration : écrivez une ou plusieurs petites phrases qui expriment ce que vous aimez le plus, par ex. « Tu es toujours là et je ne suis jamais seul(e) ».

____

____

c) À l'aide des parties **a)** et **b)**, écrivez une déclaration d'amour à cette personne sur une feuille.

2 Ne m'oublie pas

LIRE **1 « Une mauvaise influence » (vor SB S. 35, Nr. 1) → Stratégie BD**

Clémentine, une lycéenne qui grandit dans une famille traditionnelle, commence à prendre des cours de guitare. Elle y rencontre Aurèle, une jeune fille qui est guitariste dans un groupe de rock et qui l'invite à un de ses concerts…

Puis, samedi, Clémentine va au concert où elle est très impressionnée par son amie Aurèle… Et quelques jours après le concert :

→ […]

a) Lisez la BD, puis complétez le texte avec le mot qui convient.

une vignette / une case (2x)

une bulle | un album

une bande (2x)

Cet extrait de l' ______________ *11407 vues* est composé de cinq ____________________. Une ____________________ est plus grande que les autres : en hauteur, elle occupe deux______________, donc on remarque d'abord la jeune fille représentée sur cette grande ______________. Dans ce passage, le lecteur / la lectrice suit la discussion entre trois personnes grâce au texte dans les ____________________.

la musique adoucit les mœurs *(f. pl.)* Musik beruhigt • **une traînée** *(péj.)* une prostituée • **passer** *ici :* autoriser • **un caprice** Laune • **éduquer** erziehen

Vincent Brunner, Claire de Gastold, *11407 vues* © Casterman, 2021, avec l'aimable autorisation des auteurs et des Éditions Casterman (extrait abrégé)

b) Regardez la planche. Cochez la ou les bonne(s) réponse(s).

1. Cet extrait de BD appartient au genre
   ☐ de l'aventure. ☐ du manga. ☐ du récit pour ados. ☐ humoristique.
2. Le graphisme est ☐ réaliste. ☐ moderne. ☐ caricatural. ☐ dynamique. ☐ coloré.
3. Les couleurs de l'extrait sont ☐ vives. ☐ claires. ☐ sombres. ☐ douces.
4. Les gestes et mimiques sont ☐ doux. ☐ agressifs. ☐ expressifs. ☐ réduits.
5. De ce graphisme, de ces couleurs et de ces gestes, il se dégage une atmosphère plutôt
   ☐ calme. ☐ comique. ☐ intense. ☐ tendue (*angespannt*).
   ☐ triste. ☐ agressive. ☐ dramatique. ☐ ______________________.

c) Lisez l'extrait en détail, puis répondez aux questions ci-dessous avec vos propres mots.

1. Qu'est-ce qu'on apprend sur le lieu et le temps ? ______________________
   L'action : Quel est l'évènement-clé dans la vie de Clémentine qui fait avancer l'action ?
   ____
2. Les personnages : Qui sont-ils ? Quelles sont leurs relations ? ______________________
   ____
   ____
3. Quel est le problème au centre de la discussion ? Quel est le malentendu (*Missverständis*) ?
   ____
4. Sur la dernière vignette, la femme tient le portable de Clémentine. À votre avis, qu'a-t-elle vu ?
   ____
5. Imaginez un titre qui convient à cet extrait de BD. ______________________

d) Le tableau vous présente une critique de l'extrait de la BD. Trouvez le bon ordre de la critique. Ensuite, mettez le titre qui convient : notez A, B, … à droite de chaque partie.

A critique, avis argumenté **B** résumé **C** conclusion **D** présentation de la BD

Ordre	Parties	Titres
	Une BD pour les ados avec un sujet actuel qu'il faut absolument lire et qui va avoir une place dans ma bibliothèque !	
	Grâce à un personnage qui nous ressemble et à un graphisme dynamique et coloré, les auteurs réussissent dans cet extrait à faire vivre au lecteur les émotions d'une jeune qui veut pouvoir choisir son propre style de vie.	
	Ainsi, Clémentine rêve de liberté. Ses parents, très traditionnels, ne sont pas d'accord avec les nouveaux choix de vie de leur fille, découverts sur son smartphone. Comment être soi-même si cela crée un grave conflit avec sa famille ?	
	11407 vues est une BD de V. Brunner et C. de Gastold dans laquelle on suit dans leur vie de tous les jours des lycéens connectés aux réseaux sociaux pour le meilleur et pour le pire.	

MÉDIATION

2 Familien heute (nach SB S. 38, Nr. 5) → Stratégie Sprachmittlung

Vous faites un échange Brigitte Sauzay et en cours, vous parlez du rôle de la famille dans la société. La prof vous demande si, comme en France, l'image de la famille a changé et si en général les jeunes Allemands souhaitent fonder une famille. Vous n'êtes pas sûr(e), mais vous promettez de vous renseigner. Vous tombez sur un article dans le journal *FAZ*.

Vor einiger Zeit wollten Forscher der Universität Mainz wissen, was Deutsche unter „Familie“ verstehen. […] Sie baten Erwachsene und Kinder, Bilder davon zu malen, was sie persönlich mit Familie verbinden. Fast alle malten zwei Elternteile und mindestens ein Kind. Ein kinderloses Paar oder eine Alleinerziehende mit Baby kamen nicht vor. Alle malten Paare aus Mann und Frau. Und dann die Kinder: Fast immer wurden genau zwei gemalt. Fast immer ein Junge und ein Mädchen. Viele Mädchen hatten lange Haare, viele Jungen kurze. Viele Mädchen trugen Rosa, viele Jungen Blau. Also eigentlich alles wie 1950.

Seltsam. Denn Familie hat sich verändert seit damals. Vielleicht rasanter als je zuvor. Ehepaare mit rosa-blauen Kindern gibt es zwar weiter. Aber daneben auch andere Ideen von Familie. […] In Deutschland gibt es elfeinhalb Millionen Familien mit […] Kindern, davon nur knapp acht Millionen Ehepaare. In jeder vierten Familie erziehen Eltern ihre Kinder allein oder getrennt. Es gibt Familien mit zwei Vätern, mit zwei Müttern, mit Patchworkeltern.

Warum malten also die Studienteilnehmer die klassische Familie? Vermutlich weil die in den Köpfen drin ist. […] Ein Grund könnte sein, dass andere Familienmodelle noch nicht so etabliert sind. Aber die Forscher hielten es auch für denkbar, dass ein „Wandel des Wertewandels“ im Gange sei. Dass Menschen also trotz der Vielfalt die traditionelle Kernfamilie für die erstrebenswerteste hielten.

„Auf der Suche nach dem großen Glück“, Frankfurter Allgemeine Quarterly, 17.09.2020, S. 50, Friederike Haupt

a) Paraphrasez d'abord en français les mots / expressions suivant(e)s à l'aide d'une des « techniques » présentées dans le cadre ci-dessous.

1. kinderlos: ____________________
2. alleinerziehend: ____________________
3. … was Jugendliche mit Familie verbinden …: ____________________

____
4. … in jeder vierten Familie …: ____________________
5. Familienmodelle: ____________________
6. „Wandel des Wertewandels“: ____________________

POUR VOUS AIDER Wie kann man paraphrasieren?

- das betreffende Wort in Teile zerlegen und deren Teile sinngemäß übersetzen: z. B. alleinerziehend → „allein“ und „erziehen“,
- die Bedeutung des betreffenden Wortes anders formulieren und diese Formulierung übersetzen: z. B. kinderlos → ohne Kinder,
- die Bedeutung eines Satzteils mit einer alternativen Formulierung ausdrücken: z. B. „…was Jugendliche mit Familie verbinden…“ → „woran Jugendliche bei Familie denken“.

b) Présentez maintenant brièvement les aspects intéressants de l'article et notez-les en français. Puis rédigez votre message à la prof française.

Paragraphe 1 :
Tâche et résultats ?

Paragraphe 2 :
Comment se présente la réalité ?

Paragraphe 3 :
Possibles raisons d'un tel résultat ?

3 Quel type d'ami(e) es-tu ?

VOCABULAIRE

1 De quoi est-ce que tu parles ? (zu SB S. 39 / S. 48)

Cherchez dans le texte p. 39 et dans zoom sur le vocabulaire p. 48 les mots qui correspondent aux définitions suivantes.

Expression	quand ça ne va vraiment pas bien, qu'on est déprimé	
Verbe	s'occuper de qn qui est triste, essayer de l'aider à aller mieux	
Verbe	dire à qn que son comporte-ment ne nous plaît pas	
Verbe	redevenir ami(e)s après s'être fâché(e)s	
Adjectif	qui comprend et accepte beaucoup de choses.	
Verbe	dire des choses personnelles à qn parce qu'on peut lui faire confiance	
Expression	rencontrer et discuter avec qn pour la première fois	
Adjectif	qui est toujours à vos côtés, même dans les moments difficiles	

4 Notre amitié est née sur le papier.

LIRE

1 Compréhension du texte (vor SB S. 40, Nr. 2)

a) Lisez le titre du texte (livre, p. 40). Puis lisez le texte sans chercher à tout comprendre. Cochez la bonne réponse.

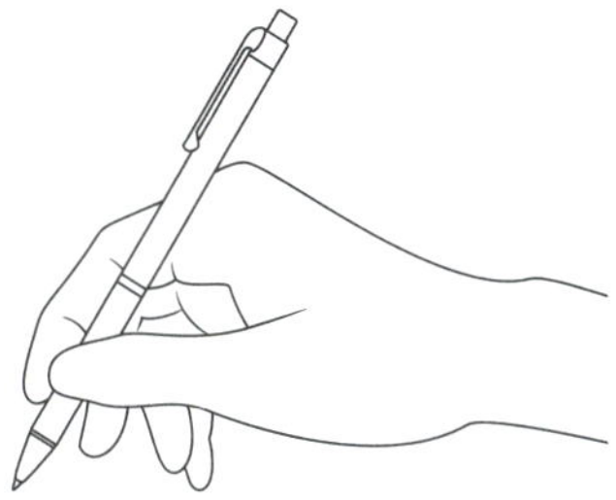

Ce texte décrit en premier lieu
- ☐ l'importance des médias.
- ☐ le développement d'une amitié.
- ☐ l'amour d'une jeune femme pour les lettres.

b) Relisez le texte. Cochez la bonne réponse. Justifiez vos réponses avec les lignes du texte.

1. L'autrice a fait la connaissance de Chloé
   - ☐ au lycée.
   - ☐ à travers une annonce.
   - ☐ par une lettre manuscrite.

   Justification : ____________________

2. Au début, quand elle attendait les lettres de Chloé, l'autrice était
   - ☐ touchée.
   - ☐ contente.
   - ☐ sceptique.

   Justification : ____________________

3. Les deux jeunes femmes ont vite remarqué
   - ☐ qu'elles ne savaient pas quoi écrire.
   - ☐ qu'elles étaient toutes les deux gênées.
   - ☐ qu'elles aimaient souvent les mêmes choses.

   Justification : ____________________

4. Après un certain temps, leur communication est devenue
   - ☐ moins lente.
   - ☐ moins intime.
   - ☐ plus monotone.

   Justification : ____________________

5. La première fois au téléphone avec Chloé, l'autrice
   - ☐ ne savait pas quoi dire.
   - ☐ avait attendu une autre voix.
   - ☐ sentait une certaine distance.

   Justification : ____________________

6. Plus tard, leur amitié est devenue
   - ☐ l'enfer pendant une colo.
   - ☐ un lien très fort.
   - ☐ un soutien contre le stress.

   Justification : ____________________

5 C'est quoi l'amour ?

LIRE

1 Qui pourrait dire quoi ? (zu SB S. 42, Nr. 4) → Stratégie Einen unbekannten Text erschließen

a) Écrivez derrière chaque remarque la lettre du personnage qui pourrait la dire (**L** Liam, **C** Charlotte) et justifiez votre résultat en citant le passage (livre, p. 41–42 ligne XX).
Attention : il y a une remarque qui ne correspond ni à l'attitude de Liam ni à celle de Charlotte.

1. Dans une relation amoureuse, on essaie de plaire à l'autre. ________
2. Le vrai amour, c'est voir plus que la beauté corporelle. ________
3. L'amour, c'est le souhait de construire un avenir ensemble. ________
4. Dur d'aimer différentes personnes, surtout quand l'amour pour l'une s'oppose à l'amour pour l'autre. ________
5. L'amour est comme une puissance qu'on ne peut pas choisir. ________
6. L'amour est comme un sport : on est toujours à la recherche d'un(e) meilleur(e) partenaire. ________
7. Dans l'amour, on accepte l'autre comme il est. ________
8. Quand on est en couple, il faut faire des efforts. ________

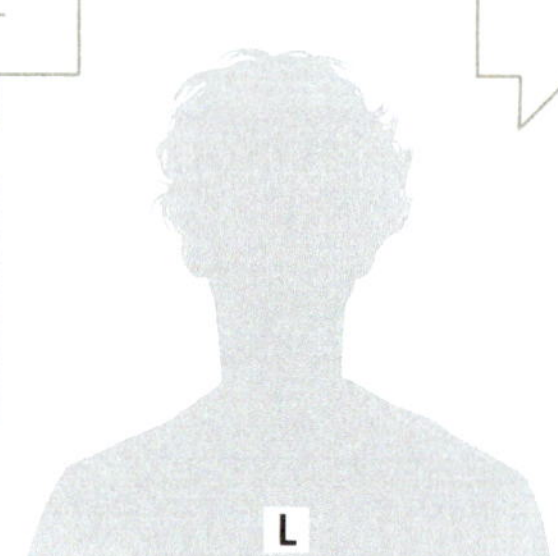

b) Quelle remarque est-ce que vous aimez le plus ? Dites pourquoi.

GRAMMAIRE

2 Prêt(e) à tout pour l'amour ? (zu SB S. 42, Nr. 5 / S. 49)

a) Charlotte déclare son amour à Liam. Complétez les formes au **subjonctif**.

1. Je veux que tu ____________________ combien je t'aime. (savoir)
2. Je ferai tout pour que tu ____________________ heureux avec moi. (être)
3. Avant qu'on ____________________ un « vieux couple », je trouverai plein d'idées pour t'étonner et rendre le quotidien moins ennuyeux ; je ne te décevrai pas. (devenir)
4. J'aimerais que tu ne ____________________ pas vivre sans moi. (pouvoir)
5. Bien qu'on ne / n' ____________________ pas encore beaucoup d'expérience de la vie, je sais que je veux rester avec toi. (avoir)
6. Je m'occuperai de toi jusqu'à ce que tu ____________________ que je tiens vraiment très fort à toi. (comprendre)
7. Quand on est en couple, il faut que l'un(e) ____________________ l'autre chaque jour, comme ça, on ne se séparera pas. (soutenir)
8. Je sais, tu voudrais que je ____________________ moins. Je vais essayer. (se plaindre)

b) Soulignez les expressions (verbes, conjonctions) qui déclenchent le **subjonctif**.

c) Complétez cet extrait de lettre d'amour de Liam à Charlotte en employant le mode et les verbes qui conviennent :

faire éprouver prendre connaître avoir être (2x) savoir penser

« Avant que je te __________, ma vie était triste. Il est certain que tu __________ changé mon quotidien parce que je ne __________ qu'à toi. Je suis content que tu me __________ comme je suis. J'espère que tu __________ les mêmes sentiments pour moi… Sinon, je ferai tout pour que tu __________ amoureuse de moi. J'aimerais que tu __________ que je __________ toujours là pour toi. Il est important que toi et moi, on se __________ confiance. »

d) Notez les déclencheurs du subjonctif dans les parties **a–c** de cet exercice et complétez la liste.

- des conjonctions : __________
- des sentiments : __________
- des expressions introduites par « il est… » ou « c'est… » + adjectif : __________
- des expressions de volonté ou des souhaits : __________
- une expression de nécessité : __________

PARLER

3 Deux déclarations d'amour

a) Décrivez le dessin. Pour cela, complétez les débuts de phrases.

- Deux personnes sont assises sur un banc : … *(Qui ?)*
- La personne à gauche … L'autre, à droite, … *(Que font-elles ?)*

b) À votre avis, quel est le message de ce dessin ?

6 Pourquoi t'as fait ça ?

ÉCOUTER ET REGARDER

SB V4

1 Préparer une critique de film (vor SB, S. 44, Nr. 6) → Stratégies Hörsehverstehen, Schreiben

a) Cochez la bonne introduction au court-métrage.

Le court-métrage « Pourquoi t'as fait ça ? » réalisé par Maximilien Bert-Pallier en 2021 parle

- ☐ de la vie du jeune Mathéo.
- ☐ des relations entre élèves et professeurs.
- ☐ du harcèlement scolaire.
- ☐ du quotidien des élèves au lycée Cordouan à Royan.

b) Notez dans chaque case ce que les protagonistes font. Pour cela, complétez les débuts de phrases. Voici quelques expressions qui vont vous aider :

faire circuler qc (une rumeur) | confronter qn à qc | être violent(e) envers qn

attaquer qn | faire l'objet de moqueries / d'insultes / de menaces

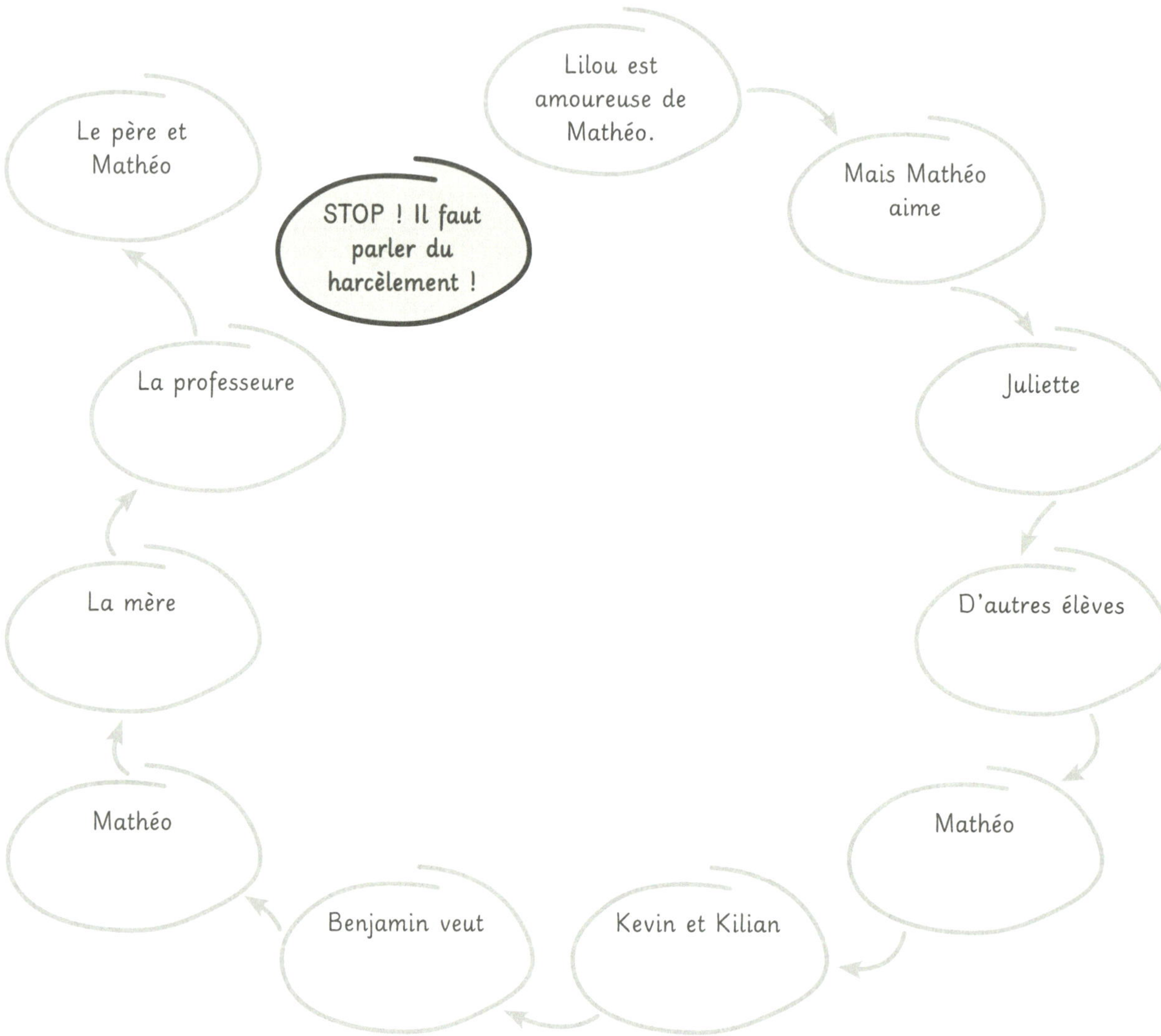

GRAMMAIRE G6

c) Lisez les critiques suivantes concernant ce court-métrage et complétez-les en employant **ce qui** ou **ce que**.

1. « ______________________ j'aime beaucoup, c'est qu'il s'agit d'un sujet très actuel et important. »
2. « ______________________ me plaît le plus, c'est que les acteurs jouent bien leurs rôles. »
3. « J'aimerais bien savoir ______________________ arrive aux élèves Kevin et Kilian. »
4. « Le message est réussi : faites attention à ______________________ vous pensez et à ______________________ vous dites. C'est dans les pensées que la discrimination commence. »

ÉCRIRE

d) Écrivez une critique de ce court-métrage. Pour cela, pensez à :

- une courte présentation (voir partie **a**),
- un petit résumé (voir partie **b**),
- une critique ou un avis argumenté (voir partie **c**)
- et une conclusion, dans laquelle vous recommandez ce court-métrage (ou pas).

POUR VOUS AIDER

Regardez aussi : « Parler d'un film », livre, p. 43.

7 Des jeunes qui s'engagent

ÉCOUTER
A2

1 Compréhension orale : Vivre ensemble (vor SB S. 44)

Radio Francas et le Centre Social de l'Antonnière ont créé ensemble, avec des jeunes, une émission sur la notion de « vivre ensemble », dans le but de lutter contre les discriminations.

Lisez d'abord le vocabulaire et les questions.
Puis écoutez le document et cochez la bonne réponse ou complétez la phrase.

POUR VOUS AIDER

la ligue de l'enseignement Lehrerverband
la Sarthe ein Département im Westen Frankreichs (Nr. 72)
l'égalité *(f.)* / **l'inégalité** *(f.)* die Gleichheit / die Ungleichheit
un(e) chargé(e) de mission Sonderbeauftragte(r)
une intervention une action • **une manifestation** *ici* : Veranstaltung
un quartier populaire Arbeiterviertel • **un HLM** Sozialwohnung
rural(e) ländlich • **un accès** Zugang

1. Selon Daphné, le vivre ensemble est basé sur des valeurs comme
   - ☐ l'aide entre les gens.
   - ☐ le respect de l'autre.
   - ☐ l'amour du prochain.

2. L'invité Benjamin Dagard a ____________ ans et ____________ à Saint-Saturnin.

3. Benjamin Dagard s'engage dans une action avec des bénévoles qui
   - ☐ lisent des histoires aux élèves.
   - ☐ font du sport avec des élèves.
   - ☐ aident des élèves à s'orienter dans leur quotidien.

4. Benjamin présente des activités pendant les « semaines d'éducation contre les discriminations » qui ont lieu
   - ☐ toute l'année.
   - ☐ au mois de mars.
   - ☐ dans le sud de la France.

5. Pour sensibiliser les gens aux problèmes de discrimination, Benjamin et ses collègues proposent
   - ☐ des festivals.
   - ☐ des sondages.
   - ☐ des expositions.

6. Les actions ont lieu
   - ☐ en ville et à la campagne.
   - ☐ en priorité à la campagne.
   - ☐ seulement en ville, dans les quartiers populaires.

7. Un but des actions organisées est de ________________________ .

8. Benjamin Dagard parle d'une « inégalité d'accès ». C'est par exemple ________________________ .

9. À cause de la Covid, en 2021, les actions des « semaines d'éducation contre les discriminations »
   - ☐ n'ont pas eu lieu du tout.
   - ☐ ont été reportées à plus tard.
   - ☐ se sont passées sur Internet.

VOCABULAIRE

2 Des possibilités de s'engager (vor SB S. 44)

a) Cherchez les mots que vous ne connaissez pas dans un dictionnaire en ligne.
Puis trouvez au moins 3 possibilités pour compléter les expressions de la colonne de gauche.

Élever la voix contre…	**à l'école**
Exemple : le racisme	**tolérante**
___	**le racisme** ✓
___	**les personnes âgées**
Protéger…	**sur les réseaux sociaux**
___	**d'autres élèves**
___	**la nature**
___	**la violence**
Aider…	**l'environnement** *(m.)*
___	**dans une organisation**
___	**consciente**
___	**les personnes handicapées**
Vivre de manière…	**le harcèlement**
___	**solidaire**
2. ___	**dans la famille**
___	**les ressources**
Devenir actif / active…	**les personnes pauvres**
___	**les animaux**
___	**respectueuse**
___	**l'exclusion** *(f.)*

ÉCRIRE

b) À votre avis, pour quelle(s) chose(s) faudrait-il s'engager ? Dans le tableau à la page suivante, formulez au moins 4 possibilités en indiquant…

1. la raison de cet engagement
Exemple : Je trouve qu'il faut élever la voix contre le racisme parce qu'il est important qu'on agisse avec tout le monde de la même manière. / … parce qu'il faut respecter tout le monde.

2. vos idées d'actions concrètes
Exemple : Pour lutter contre le racisme, on peut participer à des manifestations et sensibiliser les autres au problème.

EXPRESSIONS UTILES

- informer / sensibiliser qn à qc / recycler / réparer / réutiliser / participer / surveiller / soutenir / éviter / partager / expliquer / convaincre / discuter…
- un objet cassé / une manifestation / un comportement…

(Cherchez les mots que vous ne connaissez pas dans un dictionnaire.)

• **Engagement 1 :**	
1. Raisons	
2. Actions	
• **Engagement 2 :**	
1. Raisons	
2. Actions	
• **Engagement 3 :**	
1. Raisons	
2. Actions	
• **Engagement 4 :**	
1. Raisons	
2. Actions	

PARLER

c) Discutez à quatre de vos idées. Mettez-vous d'accord sur les trois meilleures en justifiant votre avis.

8 Schülerinnen im Ehrenamt

MÉDIATION

1 Paraphraser des mots (zu SB S. 45, Nr. 1) → Stratégie Sprachmittlung

Voici différentes « techniques » pour paraphraser un mot :

A description de l'activité **B description de l'endroit**

C explication d'une partie du mot **D autre**

Choisissez 6 mots / expressions de l'exercice 1 du livre, p. 45 et dites pour chaque mot / expression quelle(s) technique(s) vous avez utilisée(s) pour le / la paraphraser :

Mot / expression	**Technique choisie :** **A / B / C / D**
1.	
2.	
3.	
4.	
5.	
6.	

3 Le monde de demain

D3 Solutions

Entraînement

VOCABULAIRE

1 Un paradis (vor SB S. 52, Nr. 1)

Regardez la photo. Soulignez dans la liste de mots tous ceux qui vous aident à la décrire.

Noms	l'agriculture *(f.)* • une ambiance • un arbre • une aventure • la beauté • un besoin • un centre • un champ • un chantier • le ciel • le climat • un détail • une différence • un endroit • un enfer • l'équilibre *(m.)* • une forêt • l'herbe *(f.)* • un lac • un lieu • la lumière • la mer • la montagne • la nature • la neige • la paix • un paysage • un plaisir • une plante • la réalité • une région • la responsabilité • un rêve • la richesse • un secret • le silence • le soleil • la solitude • une vache • la vérité • la vie • une ville • un voyage • la vue
Adjectifs	beau / bel / belle • bleu(e) • confortable • dangereux / dangereuse • écologique • heureux / heureuse • impressionnant(e) • mystérieux / mystérieuse • nécessaire • oublié(e) • passionnant(e) • pauvre • prévu(e) • romantique • seul(e) • vert(e) • vieux / vieil / vieille
Verbes	courir • déranger • exister • s'engager pour qc • fabriquer qc • grandir • jouer • manquer • protéger • remarquer • sonner • se trouver • vivre
Divers	à l'arrière-plan • au-dessus de • au premier plan • beaucoup de monde • dehors • entre • plusieurs • près de • vite • il s'agit de qc

Imaginez : vous devez décrire cette photo à un(e) ami(e) au téléphone. Formulez à l'oral des phrases sur la photo avec les mots soulignés. Utilisez, si possible, plusieurs de ces mots dans une seule phrase.

VOCABULAIRE **2 Un paradis, vraiment ?** (nach SB S. 52, Nr. 3)

Complétez le texte par les éléments qui manquent.

Les vach_____ sont des anim_____ que la majorité des gens trouvent très sym_____. Mais il ne faut pas oub_____ qu'elles produisent du méthane, un gaz très dange_____ pour le cli_____ qui devient plus ch_____ à cause de ces gaz. Beaucoup de vaches sont alors un gr_____ problème pour la nat_____. Que peut-on faire ? Manger moins de vian_____ (de bœuf) et consommer moins de prod_____ laitiers. Voilà la sol_____ !

1 Le changement climatique

VOCABULAIRE **1 Les mots pour en parler** (zu SB S. 54, Nr. 7 / zu SB S. 65)

A Le changement climatique

Trouvez les mots / expressions.

le ré __ __ __ uf __ __ me __ __

c __ __ __ __ __ __ que

un g __ __ à __ ff __ __ d __

se __ __ e

la t __ __ pé __ __ __ __ __ __ __

au __ __ e __ t __ r

B Les catastrophes naturelles

Trouvez cinq mots et notez-les sous la grille avec l'article indéfini.

S	T	U	I	N	O	N	D	A	T	I	O	N	E
C	S	F	E	R	J	O	I	P	R	O	R	I	N
O	U	R	C	H	E	R	B	A	G	U	Y	T	T
M	N	O	T	O	R	N	A	D	E	E	G	U	R
I	A	V	A	L	A	N	C	H	E	B	E	N	O
N	M	N	T	O	M	A	T	C	H	A	U	D	U
T	I	I	S	É	C	H	E	R	E	S	S	E	T

1. ______________________
2. ______________________
3. ______________________
4. ______________________
5. ______________________

C Des espèces en danger

Trouvez les 6 mots ; écrivez les noms avec un article.

bio tre dis rir pa fo raî ani plan te mal si ver mou té rêt di

1. ______________________
2. ______________________
3. ______________________
4. ______________________
5. ______________________
6. ______________________

2 J'ai 12 ans et je suis une migrante climatique.

MÉDIATION

1 Klimaflüchtlinge in Europa? (nach SB S. 55, Nr. 6) → Stratégie Sprachmittlung

Vous participez à un projet scolaire européen sur le thème : « Les Européens peuvent-ils, eux aussi, devenir des réfugiés climatiques ? ». Ce projet se fait en français. Vous avez trouvé un article intéressant en allemand sur le sujet. Vous rédigez un e-mail au groupe de travail dans lequel :

a) vous présentez Bernadette Leemans,
b) vous racontez brièvement le moment difficile de sa vie évoqué dans le texte
c) et vous expliquez pourquoi on peut la considérer comme une réfugiée climatique.

Complétez d'abord le tableau ci-dessous avec des mots-clés en français. Puis rédigez un e-mail en français pour présenter au groupe ces informations.

Klimaflüchtlinge in Europa – ein Phänomen, das zunehmen wird

Drei Monate ist es jetzt her, dass Bernadette Leemans und ihre Nachbarn wegen der extremen Überschwemmungen in Chaudfontaine im Südosten Belgiens ihre Sachen packen und wegziehen mussten. Aber die zweifache Mutter erinnert sich an diesen Tag, als wäre er gestern gewesen.

„Das Wasser kam von der Straße dort drüben, also haben wir beschlossen, Säcke mit Sand vor unsere Türen zu stellen. Alle Nachbarn hatten sich zusammengetan", erzählt Bernadette Leemans. „Aber nach und nach hat das Wasser den Parkplatz überschwemmt, dann haben wir die Mülltonnen eine Ebene höher gestellt. Bis zu diesem Zeitpunkt war es eigentlich sogar ganz lustig."

Doch am späten Nachmittag packte Bernadette dann in aller Eile ein paar persönliche Sachen zusammen. Nachbarn, die sowas noch nie erlebt hatten, waren erschrocken.

Studien zeigen, dass die schweren Überschwemmungen sehr wahrscheinlich eine Folge des Klimawandels sind. Wissenschaftler warnen, dass solche Ereignisse in Zukunft häufiger auftreten werden.

Für Bernadette Leemans, die sich seit 17 Jahren mit Fragen des Klimawandels beschäftigt, ist jetzt der Moment, Alarm zu schlagen. Sie schreibt ein Buch über ihre Geschichte und ihren neuen Status als Opfer des Klimawandels. „Ich fühle mich als Klimaflüchtling, weil ich mein Zuhause wegen des Klimawandels verlassen musste", sagt sie.

Klimaflüchtlinge in Europa – ein Phänomen, das zunehmen wird.
Euronews

a) Bernadette Leemans *(max. 20 mots)*	
b) moment difficile *(max. 30 mots)*	
c) « réfugiée climatique » ? *(max. 30 mots)*	

3 Les efforts des Français

LIRE **1 On fait ce qu'on peut – on fait ce qu'on veut ?** (nach SB S. 56, Nr. 4)

privilégier bevorzugen
trier *ici :* trennen
polluant(e) → **polluer** verschmutzen
superflu(e) überflüssig
ajuster *ici :* anpassen
un régime alimentaire Diät
d'occasion aus zweiter Hand
la lessive Wäsche
l'usage *(m.)* l'utilisation *(f.)*

Source : INJEP-CREDOC, Baromètre DJEPVA sur la jeunesse, 2020. Champ : Ensemble des jeunes âgés de 18 à 30 ans.

Lisez les informations du graphique ci-dessus et décidez si les affirmations suivantes sont vraies ou fausses. Cochez et corrigez si nécessaire.

1. Environ un tiers des personnes ont une alimentation plus naturelle ou qui s'approche d'une alimentation végétarienne.

☐ vrai ☐ faux Correction : ______________________________

2. 63 % des personnes interrogées veulent privilégier des moyens de transport plus écolos.

☐ vrai ☐ faux Correction : ______________________________

3. Plus de la moitié des gens interviewés essaient de produire moins de déchets.

☐ vrai ☐ faux Correction : ______________________________

4. Presqu'un cinquième des personnes interviewées veulent acheter moins de produits toxiques.

☐ vrai ☐ faux Correction : ______________________________

5. Un peu moins de la moitié des personnes interrogées vont acheter un nouveau portable seulement au moment où leur téléphone ne fonctionnera plus.

☐ vrai ☐ faux Correction : ______________________________

6. La plupart des gens interrogés ne vont acheter que des choses dont ils ont vraiment besoin.

☐ vrai ☐ faux Correction : ______________________________

7. À peu près un tiers des jeunes interrogés font attention à l'eau et l'électricité qu'ils utilisent.

☐ vrai ☐ faux Correction : ______________________________

4 Survivre un an sans rien acheter de neuf

LIRE **1 L'empreinte écologique d'un t-shirt fabriqué en Chine** (nach SB S. 57, Nr. 1)

a) Trouvez une définition possible de l'expression « empreinte écologique » en mettant les éléments de phrase suivants dans l'ordre.

sur l'environnement | de fabrication | des étapes | l'impact | d'un produit | et du transport

L'empreinte écologique = ______________________________

____

b) Reconstituez le cycle de vie d'un t-shirt et son empreinte écologique en numérotant les cases.

☐ **Transport (en avion) et distribution[1] en camion**
- 2,6 kg de CO_2

Transport (en bateau) et distribution (en camion)
- 1,313 kg de CO_2

Transport (en train) et distribution (en camion)
- 0,021 kg de CO_2

☐ **Production de la fibre[2] en Chine**
- 54 kg d'engrais[3] et pesticides
- 50 g de pétrole[4] (tracteurs, machine)
- 156 litres d'eau
- 250 g de CO_2

☐ **Utilisation / lavage**
- 62,5 litres d'eau
- 1,5 kWh d'énergie

☐ **Transformation de la fibre en t-shirt (couture, teinture) en Chine**
- 8 kWh d'énergie
- 31,2 litres d'eau

1 **la distribution** Verteilung • 2 **une fibre** Faser • 3 **un engrais** Dünger • 4 **le pétrole** Erdöl

c) Que peut-on faire pour réduire l'empreinte écologique de ce t-shirt ? Notez au moins trois idées.

____

____

____

LIRE **2 Compréhension du texte** (vor SB S. 58, Nr. 2)

Lisez le texte (livre, p. 57 – 58).

a) Cochez la ou les bonne(s) réponse(s) et / ou écrivez l'information demandée.

1. Ludivine et Jérémy n'ont rien acheté de neuf pendant un an. Quelle était leur motivation ?
   - ☐ avoir plus d'argent pour sortir
   - ☐ faire une nouvelle expérience
   - ☐ consommer moins de ressources

	vrai	faux
2. Pendant un an, Ludivine et Jérémy n'ont rien acheté du tout. Justification : ______	☐	☐
3. Quand un smartphone n'a plus fonctionné, ils en ont acheté un autre dans un repair café. Justification : ______	☐	☐
4. Selon eux, pour éviter d'acheter du neuf, on peut par ex. faire des achats dans des magasins de seconde main. Justification : ______	☐	☐
5. Les amis de Ludivine et Jérémy les ont aidés en offrant aux deux jeunes des objets dont ils avaient besoin d'urgence. Justification : ______	☐	☐
6. Beaucoup de gens, même des journalistes, se sont intéressés au projet de Ludivine et Jérémy. Justification : ______	☐	☐

7. Que signifie d'après Jérémy et Ludivine « acheter mieux » ? *(deux réponses)*

acheter des produits
- ☐ moins chers
- ☐ fabriqués en France
- ☐ de meilleure qualité
- ☐ qui peuvent être recyclés

b) Réécrivez la phrase suivante en corrigeant l'information fausse qu'elle contient.

Une fois, pendant les vacances, Ludivine et Jérémy ont eu un accident et ont été obligés d'acheter des vêtements neufs.

______

______

PARLER

3 Les vêtements d'occasion ont du succès (ou pas) (nach SB S. 58, Nr. 4)

Regardez le dessin à droite.

a) Décrivez les vêtements que porte la jeune femme. Où les a-t-elle achetés ?

b) Qu'en pense le monsieur à côté ?

c) Pourquoi ce dessin fait-il sourire ?

d) Quel est son message ?

une mémé *(fam.)* une grand-mère

GRAMMAIRE
G6

4 Parmi ces idées, quelles sont celles que vous préférez ? (nach SB S. 58, Nr. 5 / zu SB S. 67, Nr. 2)

RAPPEL Les adjectifs démonstratifs

Sie begleiten ein Nomen.
Sie haben eine hinweisende Funktion.
Sie richten sich in Genus und Numerus nach dem Nomen, das sie begleiten.

Regarde **ce** smartphone / **cet** aspirateur !
cette machine à laver !
ces bols !
ces assiettes !

→ Les pronoms démonstratifs : voir G6, livre, p. 163

Des jeunes ont lu l'article (livre, p. 57–58) et discutent de la possibilité ou non de réduire leurs achats pendant un an. Complétez le dialogue par **l'adjectif démonstratif** ou le **pronom démonstratif** qui convient.

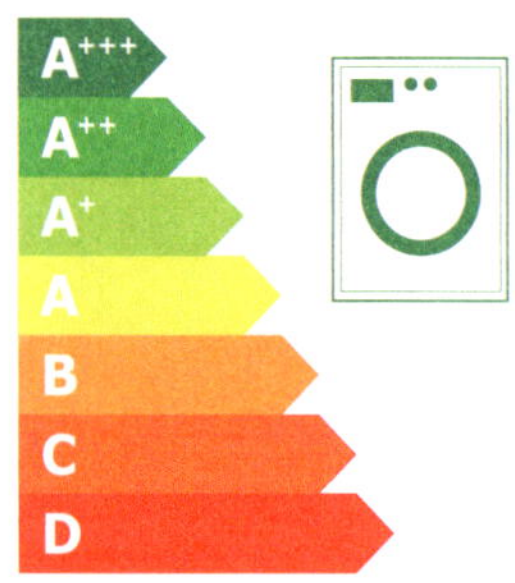

– Quand on lit _______ article, ça paraît simple de ne rien acheter de neuf… Jérémy dit qu'il a acheté des équipements électroménagers d'occasion. Imaginons : je suis _______ exemple et j'achète un lave-vaisselle d'occasion. En même temps, mes parents en achètent un neuf. Eh bien, _______ de mes parents consomme beaucoup moins. Alors qu'est-ce qui est plus écologique ?

– Pour l'électronique aussi, c'est compliqué. Prenons l'exemple d'une tablette. _______ que j'ai est vieille et pourrait peut-être être réparée. Mais même après la réparation, elle sera plus lente[1] qu'une neuve. Le gros problème, c'est que les objets électroniques sont programmés pour mourir rapidement. _______ problème me choque plus que tout…

– Oui, tu as raison. J'ai vu des photos de décharges[2] de déchets électroniques en Afrique… _______ qui montrent la décharge d'Agbobloshie au Ghana sont impressionnantes… Il faut vraiment réduire nos déchets…

– Pour le mobilier, c'est différent. Se meubler avec une vieille table, des chaises d'occasion qu'on rénove ou relooke : j'aime bien _______ idée. Ou même pour la vaisselle. L'autre jour, je cherchais des verres comme _______ de ma grand-mère : on n'en trouve plus…

– Donc, dans l'idée, tous _______ écogestes, c'est très bien, mais chacun doit trouver _______ qu'il peut mettre en pratique…

1 **lent(e)** langsam • 2 **une décharge** Deponie

5 Des cafés où tout réparer

ÉCOUTER / LIRE

SB A 3

1 Elle a dit ça ? Elle n'a pas dit ça ! (nach SB S. 59, Nr. 3)

Ewen a pris des notes pendant l'écoute du reportage pour en parler sur son blog.
Mais il a fait quelques fautes. Lisez les notes d'Ewen, trouvez les 4 fautes et corrigez-les.
Si besoin, écoutez le document une nouvelle fois.

- Pour faire son reportage, la journaliste est allée dans une grande ville où il n'y a que deux repair cafés.
- Les bénévoles qui proposent de réparer des objets dans ces cafés sont souvent des jeunes qui veulent s'entraîner.
- Ce service de réparation est gratuit. Si on veut quand même donner de l'argent au réparateur pour le remercier, les gens de l'association refusent notre don.
- Parmi les personnes qui viennent faire réparer un objet, il y en a qui en profitent pour apprendre des choses dans l'idée de réussir à réparer leurs objets eux-mêmes plus tard.
- Malheureusement, on n'a pas trouvé de méthode pour avoir une statistique sur la quantité de déchets évités.

ÉCOUTER

A 3

2 Compréhension orale : La Bricothèque de Martigny (nach SB S.59, Nr. 3) → Stratégie Hörverstehen

a) Une Bricothèque, c'est une « bibliothèque d'objets ». À votre avis, qu'est-ce que c'est, une « bibliothèque d'objets » ? Faites des hypothèses.
Écoutez ensuite la première partie du texte (du début à 1'12) et vérifiez si vous aviez raison.

b) Écoutez le reportage en entier. Mettez les questions posées par les journalistes dans l'ordre chronologique du texte.

- [ ] Comment fonctionnent ces bibliothèques ?
- [ ] D'où viennent ces objets qui sont en location ?
- [ ] Combien coûte la location d'un objet ?
- [ ] Est-ce qu'il y a beaucoup de bibliothèques d'objets en Suisse ?

c) Écoutez le reportage une deuxième fois. Complétez ou cochez les bonnes réponses.

1. Le principe de la bibliothèque d'objets, c'est de proposer aux gens d'emprunter ____________ ____________ (quel type d'objets ?) pendant une ____________ durée.
2. Les journalistes ont réalisé leur reportage dans une bibliothèque d'objets de ____________ ____________ (quel pays / région ?).
3. Pour emprunter un objet à la Bricothèque, comment est-ce qu'on fait ?
   Sur le site Internet, on peut voir ____________
   et lire ____________.
   Si on trouve l'objet qu'on cherche, on peut le / l' ____________,
   puis l'emprunter pour ____________ (combien de temps ?).
4. L'emprunt d'objets est payant. Trois amis ont pris des notes, seul un a bien tout compris, lequel ? (CHF = francs suisses)

☐ **Amir :**
- payer 30 CHF / an pour être membre
- et une carte à 10 CHF
- L'emprunt d'un objet coûte de 1 à 10 CHF selon l'objet.

☐ **Ben :**
- payer 10 CHF / an pour être membre
- et une carte à 10 CHF
- L'emprunt d'un objet coûte de 1 à 5 CHF selon l'objet.

☐ **César :**
- payer 10 CHF / an pour être membre
- et une carte à 5 CHF
- L'emprunt d'un objet coûte de 4 à 5 CHF selon l'objet.

5. À la Bricothèque, on trouve

☐ des objets neufs et d'occasion.
☐ seulement des objets neufs.
☐ seulement des objets d'occasion.

6 Ces jeunes qui ont changé de régime alimentaire

PARLER **1 Ah… du sang !** (vor SB S. 59, Nr. 1)

Regardez le dessin à droite.

a) Décrivez la situation représentée : Qui est où ? Pourquoi ?

b) Pourquoi la situation est-elle drôle ?

c) Quel pourrait être le message de ce dessin ?

le sang Blut • **une betterave** rote Bete

LIRE

2 Compréhension du texte (vor SB S. 61, Nr. 3)

Lisez le texte (livre, p. 60).

a) Cochez les deux bonnes réponses.

D'après le texte, les jeunes changent de régime alimentaire parce que / qu'

- ☐ ils ne veulent pas que les animaux aient mal.
- ☐ ils veulent protéger la planète Terre.
- ☐ ils trouvent que la viande, ce n'est pas bon.
- ☐ selon eux, la viande est trop chère.
- ☐ leurs parents les ont obligés.

b) Reliez les éléments à droite à la personne qui convient. Justifiez vos réponses par les lignes du texte correspondantes.
Attention : il y a deux éléments en trop à droite !

		• est devenu(e) végétarien(ne) progressivement, mais mange parfois encore du poisson et, exceptionnellement, de la viande. Justification : ligne(s) ______
		• consomme le moins de viande possible et pas de bœuf du tout. Justification : ligne(s) ______
Angèle	•	• est végétarien(ne) de manière stricte (ni viande, ni poisson). Justification : ligne(s) ______
		• a dû manger de la viande à l'école primaire, contre sa volonté. Justification : ligne(s) ______
Sacha	•	• suit les habitudes alimentaires de ses parents végétariens. Justification : ligne(s) ______
		• suit les habitudes alimentaires de la personne qui vit avec lui / elle. Justification : ligne(s) ______
Lucie	•	• a convaincu ses parents de faire des efforts pour l'environnement. Justification : ligne(s) ______
		• fait face aux critiques de ses parents et amis qui ne comprennent pas ses choix alimentaires. Justification : ligne(s) ______
		• essaie de montrer aux gens autour de lui / d'elle que c'est mieux de ne pas manger de viande. Justification : ligne(s) ______
		• a fait un choix alimentaire que ses parents respectent malgré son jeune âge. Justification : ligne(s) ______

c) Nommez deux conséquences écologiques négatives de la consommation de viande citées dans le texte.

VOCABULAIRE / GRAMMAIRE G7

3 Changer de régime – mais comment ? (vor SB S. 61, Nr. 7 / zu SB S. 68)

a) Trouvez ce qui va ensemble pour former des expressions.

b) Puis expliquez comment on peut changer de régime alimentaire. Pour cela, employez ces expressions en utilisant le gérondif. Écrivez les phrases sur une feuille.

Ex. : *On peut changer de régime en mangeant moins de viande ou de produits d'origine animale.*

manger	le temps de chercher des recettes alternatives
faire	le courage de se discipliner
préparer	attention à ce qu'on mange
prendre	du lait d'amande[1]
avoir	des produits locaux vendus en circuit court
attendre	moins de viande ou de produits d'origine animale
choisir	la faim avant de commencer à manger
boire	des recettes végétariennes ou végétaliennes

GRAMMAIRE G7

4 En pensant à sa soirée, Angèle sourit... (vor SB S. 61, Nr. 7 / zu SB S. 68)

Réécrivez le texte sur une feuille. Intégrez là où c'est possible un gérondif.

Angèle est de très bonne humeur. Quand elle rentre de l'école, elle chante sa chanson préférée. Elle ouvre la porte de l'appartement ; son chien arrive et bouge la queue. Pendant qu'Angèle attend sa mère, elle fait déjà ses devoirs. Elle ne met pas de musique : elle sait bien que travailler et écouter de la musique en même temps, c'est mauvais pour sa concentration. En plus, aujourd'hui, elle est très motivée. Si elle finit ses devoirs avant le retour de sa mère, la jeune fille pourra ressortir avec elle pour faire du shopping. Et elle va enfin avoir ces nouvelles chaussures de sport qu'elle attend depuis des mois.

5 À mon avis... (nach SB S. 61, Nr. 7) → Stratégie Eine Stellungnahme verfassen

a) Sans regarder le graphique de droite (p. 45), complétez le graphique de gauche (p. 45) avec des pourcentages qui vous semblent logiques. Comparez ensuite vos idées avec celles du graphique de droite. Qu'est-ce qui vous surprend ?

1 **le lait d'amande** Mandelmilch

Sources (p. 45): Diplomeo / Sondage auto-administré mené du 20 octobre au 2 novembre 2020 auprès de 3094 jeunes âgés de 16 à 25 ans. © Parole aux jeunes

POUR VOUS AIDER

un(e) végétalien(ne) Veganer(in)
la souffrance Leiden
le spécisme le fait de croire que les humains sont supérieurs aux animaux
les mœurs *(f.) (pl.)* Sitten

PAROLE AUX *jeunes*

Les jeunes, de plus en plus « veggies » ?

COMMENT MANGENT LES JEUNES ?

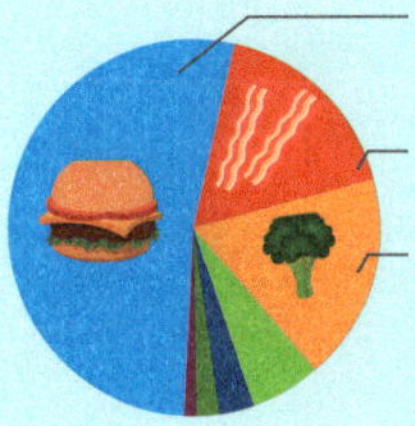

____ mangent absolument de tout
____ mangent presque de tout avec quelques restrictions (religion, santé…)
____ sont flexitariens
____ sont végétariens
____ sont pescetariens
____ sont végétaliens
____ autres

STOP À LA VIANDE ?

____ des non-veggies pensent qu'ils pourraient devenir végétariens ou végétaliens un jour

Qui pense pouvoir devenir veggie un jour ?

Végétarien

____ de ceux qui mangent de tout
____ des flexitariens
____ des pescetariens

POURQUOI SONT-ILS DEVENUS VEGGIES ?

____ pour limiter la souffrance animale
____ pour la protection de l'environnement
____ parce qu'ils ont ouvert les yeux sur le spécisme
____ pour leur santé

LEUR VISION DE L'AVENIR

____ des jeunes pensent que les mœurs vont changer en faveur d'une alimentation sans viande

____ pensent que cela serait une bonne chose

COMMENT MANGENT LES JEUNES ?

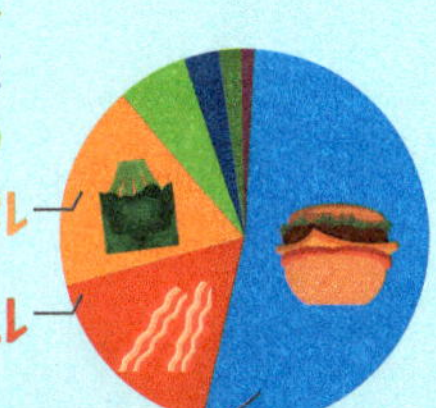

53 % mangent absolument de tout
17 % mangent presque de tout avec quelques restrictions (religion, santé…)
18 % sont flexitariens
6 % sont végétariens
3 % sont pescetariens
2 % sont végétaliens
1 % autres

STOP À LA VIANDE ?

27 % des non-veggies pensent qu'ils pourraient devenir végétariens ou végétaliens un jour

Qui pense pouvoir devenir veggie un jour ?

Végétarien

18 % de ceux qui mangent de tout
52 % des flexitariens
83 % des pescetariens

POURQUOI SONT-ILS DEVENUS VEGGIES ?

90 % pour limiter la souffrance animale
86 % pour la protection de l'environnement
47 % parce qu'ils ont ouvert les yeux sur le spécisme
42 % pour leur santé

LEUR VISION DE L'AVENIR

51 % des jeunes pensent que les mœurs vont changer en faveur d'une alimentation sans viande
58 % pensent que cela serait une bonne chose

ÉCRIRE b) À votre avis, les habitudes alimentaires vont-elles changer à l'avenir en faveur d'une alimentation sans viande ? Prenez position dans un commentaire personnel. Écrivez sur une feuille.

POUR VOUS AIDER Réfléchissez par ex. aux questions suivantes :

- Qu'est-ce qui est nécessaire pour la planète, selon vous ?
- Qu'est-ce que les gens sont prêts à faire, d'après vous ?
- Quels sont les facteurs économiques ?

Pensez aux arguments écologiques, sociaux, économiques etc.
Décidez lequel est le plus important à vos yeux.
Puis argumentez, en allant de l'argument le moins fort au plus fort.

7 Doch nicht so grün wie gedacht?

MÉDIATION

1 Comment le dire en français ? (vor SB S. 62, Nr. 2) → Stratégie Sprachmittlung

Voici des mots / expressions tirés du texte p. 61–62 de votre livre. Ces mots / expressions sont utiles pour présenter à votre corres les informations principales de l'article. Expliquez-les en français. Travaillez sans dictionnaire.

a) Écrivez votre explication à côté des mots / expressions en allemand.

b) Travaillez à deux. Lisez votre explication (en français) à votre partenaire, il / elle doit trouver le mot / l'expression (en allemand).

klimabewusst leben (l. 12) vivre en évitant les actions mauvaises pour le climat

eine Minderheitengruppe (l. 20) ______

ein mentaler Durchbruch (l. 12) ______

dauerhaft (l. 35) ______

die Mülltrennung (l. 47) ______

Abstriche (l. 48) ______

persönliche Einschränkungen (l. 52) ______

die Gesamtbevölkerung (l. 70) ______

träge (l. 76) ______

8 La menace

LIRE

1 Compréhension du texte (vor SB S. 64, Nr. 2)

Trouvez dans le texte de votre livre (p. 63–64) des passages dans lesquels les idées suivantes sont exprimées. Indiquez la / les ligne(s) du texte.

César n'a pas envie de lire les messages qu'il reçoit sur son portable, ni d'y répondre. l. 14–15

César a peur de l'avenir.

Il y a des gens qui sont très contents que sa mère ait publié la vidéo.

Les gens du village croient que la SEGIKA fait des choses qui ne sont pas correctes, mais ils n'aiment pas en parler.

Des gens envoient des messages à la mère de César pour l'insulter[1].

La mère de César n'est pas sûre d'avoir pris la bonne décision.

1 **insulter qn** beschimpfen

PARLER

2 Discuter : la copine ou la famille ? (vor SB S. 64, Nr. 5) → Stratégie An einer Diskussion teilnehmen

a) Votre meilleure amie (Lauriane) s'engage pour le bien-être animal. Elle est végétarienne et refuse qu'on tue des animaux pour se nourrir. Avec d'autres activistes, elle a participé à une action illégale : comme ils savaient que les moutons[1] d'une ferme voisine devaient partir à l'abattoir[2], les jeunes sont allés la nuit dans la ferme et ont libéré les animaux.
Ce que votre amie ne savait pas : c'était la ferme de votre oncle et votre tante qui sont maintenant en colère parce que les moutons sont partis à divers endroits et que c'est difficile de tous les retrouver.

Vous savez que Lauriane fait partie des responsables (elle vous l'a dit). Vous devez prendre une décision : dire à votre oncle et votre tante que vous savez qui a fait ça ou ne rien dire pour éviter des problèmes à votre meilleure amie ? Vous en discutez avec un copain (Arthur).

Mettez les phrases de la discussion dans un ordre logique.

	(**Arthur**) C'est vrai, elle te verrait comme une traître… Alors, parle à Lauriane et vous allez trouver une solution ensemble.
1	(**Arthur**) À mon avis, tu ne dois rien dire. Les copains sont plus importants que la famille. On est d'accord, non ?
	(**Toi**) Bien sûr que je pense à elle. Et on soutient toujours son amie la plus proche, je le sais bien… Mais ce n'est pas si facile que ça.
	(**Toi**) Non, évidemment, je veux éviter ça ! Mais mon oncle et ma tante, je les aime beaucoup, ils m'ont toujours aidé(e) quand j'avais des difficultés.
	(**Arthur**) Tu ne peux pas vouloir qu'elle ait des problèmes.
	(**Toi**) Là, tu as raison. C'est ce que je vais essayer de faire. Mais ce n'est pas gagné…
	(**Arthur**) D'accord, je comprends… Alors, tu vas parler à ton oncle et à ta tante et leur dire que c'était Lauriane et d'autres activistes.
	(**Toi**) Si j'ai bien compris, tu veux que je trahisse[3] Lauriane ? Là, je ne suis pas d'accord avec toi.
	(**Arthur**) Je vois ce que tu veux dire, la famille compte, mais il faut penser à Lauriane qui est ta meilleure amie.
	(**Arthur**) Écoute, pour conclure, si Lauriane est vraiment ta meilleure copine, elle regrette certainement ce qu'elle a fait.
	(**Toi**) Oui, bien sûr, je suis du même avis que toi : les amis avant tout… Mais… mon oncle et ma tante sont très importants pour moi.

PARLER

b) Que peut-on faire pour améliorer le bien-être animal ? Doit-on aller jusqu'à libérer les bêtes qui doivent partir à l'abattoir et ne plus manger de viande ?
A pense que libérer les animaux est la bonne solution.
B pense qu'on n'a pas besoin d'en arriver là.
Prenez les rôles de A et B. Préparez d'abord chacun vos arguments individuellement, puis discutez.

1 un mouton Schaf • **2 un abattoir** Schlachthof • **3 trahir qn** jdn verraten

4 Vivre dans un monde connecté

D4 Solutions

Entraînement

VOCABULAIRE

1 Un équipement utile pour rester connecté (vor SB S. 70, Nr. 1)

Faites un filet à mots avec le vocabulaire technologique et informatique que vous connaissez déjà. Écrivez sur une feuille.

VOCABULAIRE

2 Quelques activités numériques (vor SB S. 71, Nr. 3)

a) Lisez les expressions ci-dessous et vérifiez que vous les comprenez toutes.
Puis cochez les activités que vous faites avec votre smartphone.

- ☐ écrire un commentaire
- ☐ regarder une vidéo
- ☐ surfer sur Internet
- ☐ téléphoner à qn
- ☐ enregistrer un message vocal
- ☐ utiliser une application
- ☐ jouer à un jeu vidéo
- ☐ écrire un blog
- ☐ chatter avec des amis
- ☐ poster des photos
- ☐ télécharger des documents
- ☐ écouter un podcast
- ☐ envoyer un message
- ☐ laisser un message
- ☐ faire une vidéo
- ☐ écouter de la musique
- ☐ regarder une série
- ☐ se connecter à un réseau social
- ☐ faire une recherche
- ☐ donner son avis

b) Réfléchissez à l'utilisation que vous faites de votre smartphone ou d'Internet en général. Cochez.

L'utilisez-vous le plus souvent pour …

☐ communiquer ☐ vous informer ☐ consommer / vous détendre ☐ créer ?

PARLER

3 Ma vie connectée (vor SB S. 71, Nr. 3)

Un magazine pour les jeunes demande aux lecteurs / lectrices de son site comment ils / elles utilisent leur smartphone. Vous décidez de répondre.
Travaillez à deux : Répondez aux questions suivantes en prenant des notes.
Puis enregistrez un message vocal.

1. Dans quel(s) but(s) utilisez-vous votre smartphone ? (voir ex. **2 b**)
2. Quelles activités faites-vous ? (voir ex. **2 a**)
3. Faites-vous ces activité(s) souvent / parfois… ?

Ex. : J'utilise souvent mon smartphone pour me détendre : je surfe sur Internet, je regarde une série. Parfois, je l'utilise aussi pour m'informer…

1 Instagrammable

LIRE

1 Compréhension du texte (vor SB S. 73, Nr. 3)

a) Lisez le texte (livre, p. 72–73). Puis cochez la bonne réponse.

Cet extrait parle avant tout

- ☐ de la vie virtuelle d'un garçon star des réseaux et de sa situation familiale réelle.
- ☐ du profil Instagram d'un jeune célèbre qui y montre tout sauf sa simple vie de famille.
- ☐ des conséquences de la cyberdépendance sur les relations avec les parents.

b) Complétez les phrases.

1. Léo attire l'attention de beaucoup de ______________ qui le trouvent ______________.
2. Avec ses ______________ followers, Léo est très ______________ sur Instagram. C'est un peu étrange parce que / qu' ______________________________.
3. Grâce à son utilisation intense des nouveaux médias, Léo réussit à ______________________________

____

c) Notez chaque activité dans la bonne case.

faire du cheval | passer du temps avec sa copine | faire de l'athlétisme | lire | jouer de la guitare | jouer aux jeux vidéo | travailler pour l'école | regarder des films en streaming | faire de la natation | utiliser les réseaux sociaux | faire de la musculation | regarder des pièces de théâtre | jouer du piano | s'occuper de sa coiffure | s'informer sur l'histoire | téléphoner à une fille d'un autre lycée

Activités que Léo fait chez sa mère	
Activités que Léo fait chez son père	
Activités que Léo fait, mais on ne sait pas où	
Activités que Léo ne fait pas	

d) Cochez la bonne réponse et justifiez votre réponse par une citation du texte.

	vrai	faux
1. En réalité, Léo est malheureux, il trouve sa vie vide de sens. Justification : ______________________________	☐	☐
2. Sa motivation dans la vie, c'est de plaire aux filles. Justification : ______________________________	☐	☐

GRAMMAIRE

2 J'ai reçu un drôle de cadeau, je ne m'y attendais pas ! (zu SB S. 87)

RAPPEL LES TEMPS DU PASSÉ

Je **me détendais** dans ma chambre quand ma sœur **est entrée** sans frapper.

→ **Imparfait**: Beschreibung von Zuständen, Situationen oder gleichzeitig ablaufenden Handlungen
→ **Passé composé**: Beschreibung von einmaligen oder aufeinanderfolgenden Handlungen

Sur son blog, Anna parle de ses loisirs. Mettez les verbes au **passé composé** ou à l'**imparfait**.

Avant, je ne __________ (lire) que des BD. Quand des amis ou mes parents me __________ (faire) des recommandations de lecture et __________ (essayer) de me convaincre de lire un roman, je leur __________ (répondre) toujours que seules les BD me __________ (plaire). Depuis mon enfance, j'__________ (aimer) les images, les dessins, les photos… Normal : je / j' __________ (passer) beaucoup de temps sur les écrans… Et puis, un jour, ma cousine m'__________ (offrir) le livre *Instagrammable* d'Éliette Abécassis. Au début, je __________ (ne pas comprendre) pourquoi : elle __________ (savoir) que les livres, ce n'était pas mon truc. Je lui __________ (dire) merci et je / j'__________ (mettre) le livre sur mon bureau. Un soir, je __________ (ne pas aller) très bien, il __________ (falloir) que je m'occupe… Je / J'__________ (prendre) le livre… et je / j'__________ (lire) pendant deux heures : je __________ (se passionner) pour l'histoire de Sacha, une jeune fille qu'un garçon __________ (séduire) dans un but caché… Tout se joue sur Insta, c'est très proche de nos vies. J'__________ (adorer) !

2 Je n'ai eu que trois likes… !

VOCABULAIRE

1 Parlez-vous emoji ? (nach SB S. 73, Nr. 2)

a) Reliez les mots ou les expressions aux emojis.

A	😭 •	• être amoureux / amoureuse de qn ; aimer qn/qc
B	👍 •	• être très en colère ; être très énervé(e)
C	❤️ •	• être mort(e) de rire ; trouver qc très drôle
D	🙁 •	• être triste ; être en larmes ; désespérer
E	😂 •	• être d'accord avec qn/qc ; approuver qc ; être satisfait(e)
F	🥳 •	• être sceptique ou mécontent(e)
G	😡 •	• être d'humeur à faire la fête ; avoir qc à fêter
H	🤪 •	• faire une blague ; penser à qn en voyant qc de drôle

b) Choisissez trois emojis de a) et, pour chacun d'eux, écrivez une phrase dans laquelle vous l'utilisez (imaginez une situation correspondante). Écrivez sur une feuille.

3 Es-tu accro au smartphone ?

ÉCOUTER
SB A4

1 Compréhension orale (zu SB S. 74, Nr. 3)

Écoutez le document et cochez la bonne réponse ou complétez la phrase.

1. Cet été, Eden … ☐ a perdu / ☐ a détruit / ☐ s'est fait voler deux téléphones.

2. Sans smartphone, Eden avait peur de ne pas ______________________ ou de ne pas ______________________.

3. Sans son smartphone, Eden éprouvait… ☐ un certain manque. ☐ un vrai inconfort. ☐ un sentiment de désespoir.

4. Eden s'est demandé si elle était accro à son portable. Réponse : ☐ Elle l'est. ☐ Elle ne l'est pas. ☐ Elle ne sait pas.

5. Aujourd'hui, on a besoin de notre smartphone pour beaucoup de raisons : il a remplacé notre ______________________, nos ______________________ ou même nos jeux de société.

6. Selon Eden, l'utilisation des smartphones est problématique si les gens… *(2 cases à cocher)*
   - ☐ utilisent leur téléphone quand ils sont avec d'autres.
   - ☐ passent leur temps sur les réseaux sociaux.
   - ☐ suivent les influenceurs pour leur ressembler.
   - ☐ ne comprennent pas qu'ils sont complètement accros.
   - ☐ ne gagnent pas de temps, mais en perdent.
   - ☐ ne se rapprochent pas des autres et s'en éloignent même.

7. Utiliser son smartphone, c'est très tentant parce qu'on peut y rechercher des informations sur ______________________ ou bien sur ______________________.

8. Vrai ou faux ?	vrai	faux
L'un des problèmes des réseaux sociaux, c'est qu'ils donnent envie d'aller voir la vie des autres.	☐	☐
Recevoir une notification peut avoir le même effet que faire du sport.	☐	☐
La dépendance à Internet peut cacher le mal-être d'une personne dans le monde réel.	☐	☐
C'est pratique qu'Internet réponde à toutes les questions qu'on lui pose.	☐	☐

9. Pour finir, Eden fait des recommandations pour éviter de devenir accro :
   On doit observer comment on utilise notre smartphone pour savoir quelles utilisations sont vraiment ______________________. Pour nos autres utilisations, il faut réussir à ______________________.

VOCABULAIRE

2 Les dépendances aux technologies (nach SB S. 74, Nr. 3 + zu SB S. 85)

Trouvez un synonyme ou le mot qui correspond à la définition / la paraphrase.

Même si les nouvelles technologies rendent la vie plus facile dans beaucoup de cas, la dépendance à Internet représente un grand danger pour la société.

Le smartphone est devenu un outil dont on a absolument besoin, mais on risque de se servir trop ou trop souvent de son téléphone et d'y faire des choses pas vraiment utiles. Est-ce qu'on a besoin de faire autant de photos de soi-même ? On pourrait peut-être aussi envoyer moins de messages ou de commentaires…

En plus, on devient vite dépendant des petits sons qui informent d'un nouveau message. Dans les cas extrêmes, les personnes pensent qu'elles ne sont intéressantes que si elles ont un grand nombre de followers ; ou bien, le plus important pour elles, c'est ce que les gens pensent d'elles sur les réseaux…

Mais même sans en arriver là, de nos jours, on n'arrive plus à vivre sans son smartphone.

PARLER

3 Et si on en parlait ? (nach SB S. 74, Nr. 4)

a) Décrivez les activités du jeune à droite (et son équipement).

b) Que pense l'homme à gauche (son père) de son comportement ? Que répond le fils ?

c) Quel message le dessinateur fait-il passer ici avec humour ?

capter empfangen / *(fam.)* comprendre

4 Ein Leben ohne Smartphone?

VOCABULAIRE

1 Un peu de vocabulaire (vor SB S. 76, Nr. 1)

Dans un dictionnaire (en ligne), trouvez la traduction des mots ou expressions suivants.

Badewanne	Orientierungssinn
Tastenhandy	digitale Dokumente
nachhaltig	Gedächtnis
Übersetzungsprogramm	Akku
Online-Kartendienst	Ladekabel

MÉDIATION

2 Préparons la médiation (vor SB S. 76, Nr. 2) → Stratégie Sprachmittlung

a) Lisez le texte *Ein Leben ohne Smartphone* (livre, p. 75–76). Retrouvez dans quelles parties du texte les éléments ci-dessous sont mentionnés et indiquez les lignes correspondantes.

A	parler avec les gens au lieu d'utiliser un logiciel de traduction	l. ___	**H**	mettre plus de temps pour taper	l. ___
B	vivre de façon plus écologique et durable	l. ___	**I**	utiliser plus sa mémoire	l. ___
C	gagner du temps	l. ___	**J**	prendre des notes avant de partir	l. ___
D	renoncer aux itinéraires en ligne	l. ___	**K**	ne plus utiliser son portable au réveil et au moment de se coucher	l. ___
E	se sentir moins stressé(e)	l. ___	**L**	téléphoner au lieu de taper	l. ___
F	ne pas pouvoir prendre de photos	l. ___	**M**	développer un meilleur sens de l'orientation	l. ___
G	recevoir seulement des messages vraiment nécessaires	l. ___			

b) Puis indiquez pour chaque élément s'il est positif (+), négatif (–) ou s'il s'agit d'un défi (D) selon l'autrice du texte.

ÉCOUTER
A 4

3 Compréhension orale : Des conseils si on ne peut / veut pas se passer de son smartphone
(nach SB S. 76, Nr. 2)

Écoutez le document. Cochez la ou les bonne(s) réponse(s) ou complétez les phrases.

1. Dans ce podcast, le journaliste donne aux jeunes des conseils pour ______________________________
____.

2. Il dit que lui-même, il utilise son téléphone pour *(deux bonnes réponses)*
   - ☐ jouer.
   - ☐ s'informer.
   - ☐ chatter.
   - ☐ regarder des photos.
   - ☐ écouter des podcasts.
   - ☐ poster des vidéos.

3. La journée sans téléphone a lieu en ______________________________.

4. Il formule ses conseils sur la base de
   - ☐ ce qu'il a appris pendant ses études de médecine.
   - ☐ témoignages de gens qui ont été accros au smartphone.
   - ☐ son expérience et quelques travaux scientifiques.

5. Le journaliste conseille aux jeunes d'éviter d'utiliser leur smartphone :
   - pendant ______________________________
     (sauf si ______________________________)
   - et pendant ______________________________
     (si on en a marre, alors c'est mieux de faire ____________________ de 10 min., un quart d'heure ou même une demi-heure).

6. Le pire moment pour utiliser son smartphone, c'est
   - ☐ le matin au réveil.
   - ☐ le midi.
   - ☐ le soir.

7. Pour bien dormir, on recommande de ne plus utiliser son téléphone après
   - [ ] 21h
   - [ ] 22h
   - [ ] 23h

   ou sinon
   - [ ] trois heures
   - [ ] entre une et deux heures
   - [ ] une demi-heure

   … avant d'aller se coucher.

8. Enfin, le journaliste conseille d'utiliser deux fonctionnalités qui existent sur les téléphones :
   - d'une part, le filtre à ______________________ pour moins stimuler le corps,
   - d'autre part, un paramètre qui permet de connaître son ______________ par application.

5 Grands-parents à distance

VOCABULAIRE

1 La communication à l'ère numérique (vor SB S. 77, Nr. 5)

Emma passe actuellement trois mois au Québec. Dans un magazine, elle témoigne de son utilisation des nouvelles technologies.

Complétez le texte avec le mot qui convient et accordez si nécessaire. Ajoutez aussi les prépositions qui manquent là où c'est nécessaire. Pensez à les fusionner (*verschmelzen*) avec l'article qui suit si besoin.

appel	communication	proche	lien
mondialisation	réellement	numérique	virtuel

Je trouve qu'Internet est très utile pour garder le ____________ ______ la famille quand on vit loin ______ elle. Grâce ______ services de messagerie, on continue ______ communiquer avec les parents ou grands-parents ______ la distance. On peut partager ______ des photos, échanger ______ des messages ou transmettre ______ des informations importantes aux membres de sa famille. Les parents et les grands-parents peuvent assister ______ des évènements en ligne. Grâce ______ Internet, mes grands-parents accèdent ______ ma vie quotidienne ici, à Montréal : ma vie devient beaucoup plus concrète pour eux. En plus, comme ça, on reste ____________ . En effet, les ____________ vidéo permettent une ____________ où on se voit et on s'entend, c'est presque comme si on était assis l'un à côté ______ l'autre… même si, bien sûr, il s'agit d'une rencontre ____________ , on n'est pas ____________ ensemble. Mais à l'époque de la ____________ , il faut s'adapter ______ changements de notre style de vie. Et heureusement, les outils ____________ le permettent.

6 Des enfants de plus en plus connectés

LIRE

1 Tout le monde a-t-il accès au numérique en France ? (nach SB S. 79, Nr. 4)

→ Stratégie Einen unbekannten Text erschließen

Exclusion numérique : « les publics touchés sont bien plus diversifiés que ce que l'on peut imaginer »

Être déconnecté en 2020, c'est très compliqué. […] Nous avons rencontré Arnaud Jardin, responsable de la communication d'Emmaüs Connect, pour en savoir plus sur l'exclusion numérique en France. […]

Comment se matérialise l'exclusion numérique ?

L'exclusion numérique prend deux formes : il y a l'exclusion par l'équipement, c'est 8 millions de personnes en France […]. Et puis il y a l'exclusion par les compétences, qui est encore plus large. Aujourd'hui 13 millions de Français(e)s ne sont pas à l'aise avec les outils numériques. 24 % des Français n'ont pas su trouver la moindre information sur Internet l'année dernière par exemple selon l'Insee […]. Les conséquences de cette exclusion sont à la fois personnelles et professionnelles, avec l'impossibilité d'accéder à ses droits, de trouver un emploi, un logement, ou juste de garder contact avec ses proches.

Quels sont les publics les plus exposés ?

Les publics touchés sont bien plus diversifiés que ce que l'on peut imaginer. Les seniors sont loin d'être les seuls à avoir besoin d'aide ! Chez Emmaüs Connect, on accompagne en majorité (47 %) des personnes entre 31 et 54 ans, qui ont absolument besoin de maîtriser le numérique pour trouver un emploi […]. Viennent ensuite les seniors (30 %) et enfin les jeunes de moins de 30 ans dont on imagine qu'ils sont tous connectés parce qu'ils utilisent des smartphones, mais en réalité beaucoup de jeunes issus de milieux défavorisés n'ont jamais appris à utiliser un ordinateur et à faire un usage professionnel du numérique […].

Est-il de plus en plus problématique d'être exclu du numérique ?

Très clairement, oui, […] parce que l'ensemble des services du quotidien se numérise. Aujourd'hui, pour gérer un compte bancaire ou chercher un logement, vous devez avoir une adresse e-mail et passer par un site web. […] Aller sur Internet […] est devenu une nécessité. Un exemple simple : pour actualiser votre situation mensuellement sur Pôle emploi, vous êtes obligé de passer par le site web. Sinon, vous ne touchez pas d'allocation. Le danger est immédiat. […]

Arthur Aballéa, Blog du modérateur, 9/10/2020 (abrégé)

l. 9 se matérialiser se montrer (dans la réalité) • **l. 15 être à l'aise** sich wohl fühlen • **l. 16 le / la moindre…** der / die / das geringste … • **l. 20 accéder à qc** avoir accès à qc • **l. 21 un logement** Wohnung • **l. 23 exposé(e)** ausgesetzt • **l. 34 être issu(e) de qc** aus etw. hervorgehen • **l. 34 défavorisé(e)** benachteiligt • **l. 36 un usage** une utilisation • **l. 45 mensuellement** chaque mois • **l. 47 toucher une allocation** recevoir une aide financière

a) Survolez une première fois le texte. Cherchez la traduction du mot « exclusion » dans un dictionnaire (en ligne), puis trouvez une traduction / une définition en allemand pour l'expression « exclusion numérique ».

l'exclusion : ______________________________

l'exclusion numérique : ______________________________

b) Lisez de nouveau le texte. Indiquez le sujet général du texte en une phrase.

____

____

c) Complétez les phrases.

1. Pour son article, le journaliste a interviewé quelqu'un qui travaille chez ______________________.
2. Les personnes qui n'ont pas accès au numérique par manque de matériel sont au nombre de ______________________ aujourd'hui en France.
3. De nos jours, ______________________ de(s) Français ne savent pas bien se servir d'un ordinateur / smartphone etc.
4. L'association aide avant tout des gens qui ont ______________________ ans.

d) Expliquez…

1. pourquoi on peut dire qu'il y a différentes formes d'exclusion numérique.
____
2. qui a besoin de l'aide de cette association pour avoir accès au numérique et dans quel but.
____
____
3. pourquoi c'est dangereux de ne pas avoir accès au numérique.
____
____

e) Que pourrait-on faire pour résoudre le problème de l'exclusion numérique ? Proposez des solutions.

7 Je suis #Nightout

VOCABULAIRE

1 Exprimer différents sentiments (vor SB S. 80, Nr. 4)

Placez les mots / expressions dans la colonne (A / B / C) qui correspond au sentiment exprimé.

être inquiet / inquiète être énervé(e) être content(e) avoir peur se sentir mal

être excité(e) être paniqué(e) être choqué(e)

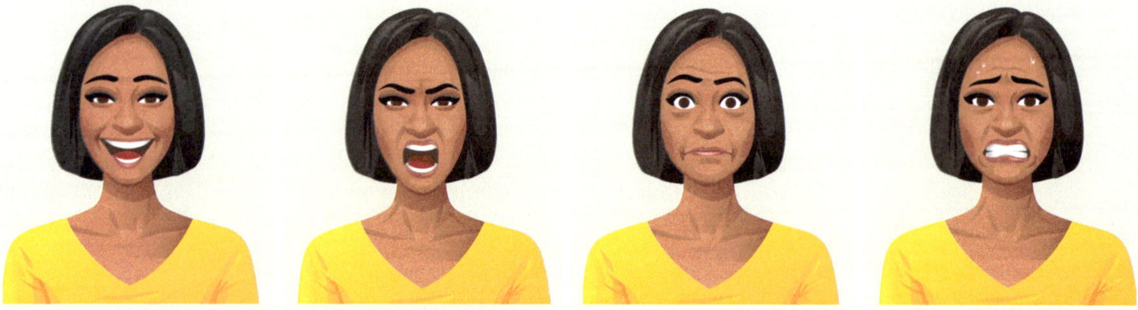

A	B	C

8 Alerte infox !

1 Des infos (ou infox !) bien présentées (nach SB S. 82, Nr. 5) → Stratégie Ein Bild beschreiben

a) Regardez le dessin. Pour en faire la description, des débuts de phrases vous sont donnés. Trouvez d'abord le titre qui convient à chaque partie de la description de l'image.

introduction | lieu / temps | composition | action / paroles | intention du dessinateur | opinion personnelle

	Avec ce dessin humoristique, le dessinateur ______________________________ .
intro-duction	Le dessin montre ______________________________ .
	À gauche, ______________________________ . Au milieu / à droite, ______________________________ .
	La scène se passe ______________________________ .
	À mon avis, ______________________________ .
	L'enfant dit ______________________________ : Sa mère dit ______________________________ parce que / qu' ______________________________ . Son père se demande si ______________________________ .

ÉCRIRE b) Ensuite, complétez la description et l'analyse.

PARLER c) Enfin, faites un monologue minute : décrivez le dessin dans l'ordre chronologique.

MÉDIATION

2 Umgang mit Fake News (nach S. 82, Nr. 5) → Stratégie Sprachmittlung

Votre correspondant(e) français(e) doit faire une recherche sur l'utilisation des médias en Allemagne : il / elle s'intéresse en particulier au sujet des fausses nouvelles ou infox sur les réseaux sociaux et à leurs conséquences. Il / Elle vous envoie une liste des informations qu'il / elle cherche. Vous avez trouvé l'article suivant ; vous allez lui présenter les informations sur les aspects qui l'intéressent.

- effets / conséquences des fausses nouvelles ou infox
- rôle des médias numériques, des réseaux sociaux
- consommation des médias chez les jeunes

Fake-News und Spaltung: „Brandbeschleuniger für die Polarisierung"

Die Kommunikationswissenschaftlerin Christina Viehmann erklärt, wie Falschinformationen zum Treiber der politischen Spaltung werden. […]

Frau Viehmann, welcher Zusammenhang existiert zwischen Mediennutzung und Polarisierung?
Es gibt einen Zusammenhang zwischen Polarisierungstendenzen, dem Auseinanderdriften unterschiedlicher Positionen gesellschaftlicher Gruppen, je nachdem, aus welchen Medien sich die Menschen überwiegend informieren. Nutzer, die sich aus alternativen Medien informieren, treten dem Corona-Management der Politik eher ablehnend gegenüber und sehen bei der Berichterstattung mehr Mängel als die Nutzer von Qualitätsmedien. […]

Wie wirken sich Falschmeldungen aus?
Man vermutet, dass gezielt eingesetzte Falschinformationen wie Brandbeschleuniger wirken. Wenn es unterschiedliche Lager mit unterschiedlichen Positionen gibt, begünstigen sie, dass sich Haltungen verhärten, Emotionen aufkochen. Das Misstrauen und die Ablehnung gegenüber der anderen Seite werden verstärkt.

Welche Rolle spielen die Digitalisierung, das Aufkommen sozialer Medien und Videoplattformen?
Das ist Fluch und Segen zugleich. Wenn Menschen über verschiedene Dinge sprechen, aber keinen gemeinsamen Kern mehr finden, wirkt die Digitalisierung problematisch. Früher hatten bei einer überschaubaren Zahl an Quellen alle ähnliche Informationen und sprachen über dasselbe. Mit digitalen Medien spricht jeder – im Extremfall – über etwas anderes. Das Ganze wird dadurch verstärkt, dass man mithilfe der Pluralität den eigenen Vorlieben nachgeht und nur Positionen verfolgt, die einen selbst interessieren. […]

Und der Segen?
Auch in den digitalen Medienwelten wird nicht, wie häufig befürchtet, alles nur nach den eigenen Interessen kuratiert. Denn auch in den sozialen Medien spielen die klassischen Medien eine große Rolle. Und durch die Algorithmensteuerung bekommt man nicht nur ein und denselben Informationstypus. Auch dort lebt man davon, dass neues Interesse geweckt wird. […]

Was wissen Sie über den Medienkonsum von Schülerinnen und Schülern?
Sie nutzen Influencer und viele andere Quellen aus dem Internet. Sie sind aber von der Informationswelt des Rests der Bevölkerung nicht abgekapselt. Sie nehmen diese nur über andere Kanäle wahr. […]

Wie sollten die Schulen beitragen?
Von zentraler Bedeutung ist die Informationskompetenz, dass Schülerinnen und Schüler gute von unzuverlässigen Informationen unterscheiden lernen. Dass sie wissen: Wie finde ich Informationen? Wie beurteile und verarbeite ich diese selbst? Dass man sich beispielsweise nur bestimmte Dinge merkt; dass man je nachdem, welche Einstellung man hat, gegenteilige Ansichten erst einmal abwertet. Ein Wissen darum stärkt auch die Fähigkeit, mit Verschwörungstheorien und Fake-News souveräner umzugehen. […]

Michael Weißenborn, Stuttgarter Nachrichten, 10.03.2022

a) Utilisez 3 couleurs différentes pour marquer les passages concernant les 3 aspects que votre correspondant(e) veut examiner.

b) Paraphrasez en français les expressions suivantes.

- Die Haltungen verhärten sich: ______
- Emotionen kochen auf: ______
- Das Misstrauen und die Ablehnung gegenüber der anderen Seite werden verstärkt: ______
- Man verfolgt nur Positionen, die einen selbst interessieren: ______
- Man geht den eigenen Vorlieben nach: ______
- Sie sind von der Informationswelt des Rests der Bevölkerung nicht abgekapselt: ______

EXPRESSIONS UTILES

une position – un avis – une émotion – accepter – refuser – suivre qn / qc – recevoir qc – un algorithme

Le vocabulaire du texte *Alerte infox !* p. 193–194 (livre) est utile !

c) Ton / Ta correspondant(e) t'appelle et te pose ses 3 questions. À deux, préparez la conversation téléphonique, puis jouez la scène à l'aide des résultats de **a)** et **b)**.

9 Interfeel

VOCABULAIRE

1 Un peu de vocabulaire avant la lecture (vor SB S. 82, Nr. 2)

a) Trouvez la traduction allemande du mot grâce aux aides données dans le tableau.

la vitesse	même famille que l'adverbe « vite »
un trajet	ex. : Le trajet entre Paris et Lyon en TGV dure 1h45.
évidemment	synonyme de « bien sûr »
séparer qc/qn	anglais : « to separate »
tranquillement	faire qc sans se dépêcher
une oreille	Avec les oreilles, on entend ce que les autres disent.
tenter de faire qc	synonyme de « essayer de faire qc »
dès que	synonyme de « à partir du moment où »

b) Cherchez la signification des mots ci-dessous dans un dictionnaire (en ligne).

croiser qn : ______

un sans-abri : ______

se mêler à qc (→ un mélange) : ______

négocier : ______

LIRE

2 Compréhension du texte (vor SB S. 84, Nr. 3)

a) Lisez le texte p. 83 et cochez la bonne réponse.

Le texte décrit une scène
- ☐ dans la vie d'un garçon.
- ☐ dans la vie d'un groupe de jeunes.
- ☐ dans la vie d'un sans-abri.

b) Lisez le texte p. 83 encore une fois et complétez les phrases.

1. Le personnage principal s'appelle ______.
2. Il rentre à la maison ______ (comment ?) et, sur le chemin, s'occupe avec ______.
3. Le réseau social Interfeel permet de / d' ______ qui se trouvent sur son chemin, mais aussi de / d' ______.
4. Quand le personnage rentre, ses parents sont occupés : son père ______ ______ et sa mère ______.

c) Cochez la bonne réponse et justifiez votre choix par une citation du texte.

	vrai	faux
1. Les moyens de transport qui existent dans le monde d'Interfeel sont futuristes. Justification : ______	☐	☐
2. Tous les habitants sont obligatoirement connectés au réseau social de partage des émotions. Justification : ______	☐	☐
3. Nathan a une bonne relation avec son père. Justification : ______	☐	☐
4. Grâce à Interfeel, les paroles échangées entre les gens sont aussi nombreuses, mais plus exactes. Justification : ______	☐	☐
5. Avec Interfeel, on peut contrôler ses propres émotions. Justification : ______	☐	☐

ÉCRIRE

3 Des émotions en libre accès ? → Stratégie Eine Stellungnahme verfassen

« Et si le monde entier avait accès à vos émotions ? » (couverture d'*Interfeel*). Évaluez les dangers d'une technologie comme le réseau social Interfeel.
Répondez sous forme de commentaire personnel.

POUR VOUS AIDER

Réfléchissez à ces aspects :
- Qui peut en profiter ?
- Comment ?
- Dans quel(s) but(s) ?

GRAMMAIRE
G8

4 Nathan passa devant lui, mais ne le vit pas. (zu SB S. 87)

Les phrases suivantes (tirées du texte p. 83) contiennent un / des verbe(s) au **passé simple**. Transformez-les au **passé composé**.

1. Nathan ressortit du cours […] avec une crampe. (l. 1–2)

___

2. Il salua Hanek. (l. 4) ___
3. Au carrefour, le feu passa au rouge. (l. 24)

___

4. Nathan traversa. (l. 24) ___
5. Nathan ne remarqua pas le sans-abri et […] continua tranquillement son chemin. (l. 35)

___

___

6. Il se mit au travail. (l. 60) ___

GRAMMAIRE
G9

5 Ne sachant pas répondre, je vais m'entraîner un peu plus (zu SB S. 88, Nr. 3)

Décidez si le **participe présent** remplace une proposition relative ou causale dans les phrases suivantes.

Les nouvelles technologies	proposition relative	proposition causale
1. La liste des technologies <u>ayant</u> pour but d'aider l'homme dans son quotidien est longue.	☐	☐
2. Les technologies <u>se développant</u> tellement vite, il est difficile d'avoir toujours le tout dernier produit.	☐	☐
3. Un informaticien <u>participant</u> à la création de nouvelles technologies ou applications est parfois surpris de voir ce qui est possible.	☐	☐
4. Beaucoup de gens <u>étant</u> inquiets à propos de la protection de leurs informations personnelles, il faut être très prudent quand on développe un nouvel outil numérique.	☐	☐

5 Visages de la francophonie

D5 Solutions

Entraînement

VOCABULAIRE

1 Les mots de la francophonie (vor SB S. 91, Nr. 4)

a) Trouvez les adjectifs qui correspondent aux noms suivants.

nom	adjectif	nom	adjectif
1. la francophonie		6. le Maroc	
2. la Belgique		7. le Sénégal	
3. le Québec		8. la nation	
4. l'Afrique		9. la mère	
5. l'étranger		10. le monde	

b) Trouvez le mot qui correspond à la définition (1–3), puis écrivez une définition (4–5).

1. une ligne qui sépare deux pays	une _ _ _ _ _ _ _ _ _
2. le territoire « central » d'un État qui a aussi des territoires d'outre-mer	la _ _ _ _ _ _ _ _ _
3. un pays occupé par un autre	une _ _ _ _ _ _ _
4. un État	
5. la capitale	

ÉCOUTER ET REGARDER

SB V9

2 La francophonie en chiffres (nach SB S. 91, Nr. 4)

Complétez ce texte sur le français dans le monde à l'aide des chiffres cités dans la vidéo.

13 85 274 2e 2050 16 5^{e}

La langue française est de plus en plus parlée dans le monde. ____________ millions de personnes ont le français comme langue maternelle ou langue d'usage. Aujourd'hui, l'anglais est la ____________ langue la plus utilisée dans le monde. Le français se situe à la ____________ place. Dans ____________ pays, le français est langue officielle : c'est le cas, par ex., en France. Dans ____________ pays, il est langue co-officielle : c'est le cas, par ex., au Canada ou en Belgique. En ____________, l'Afrique représentera ____________ % des locuteurs[1] francophones.

1 **un locuteur, une locutrice** Sprecher(in)

JEU

3 Connaissez-vous la Belgique ? (vor SB S. 92, « À la découverte de la Belgique »)

a) Qu'est-ce que vous savez déjà sur la Belgique ?
À deux, faites le quiz. Faites des recherches sur Internet, si besoin.

1. La Belgique a … millions d'habitants.
   ☐ 8 ☐ 11 ☐ 15 ☐ 23
2. La plus grande ville de Belgique (en nombre d'habitants) est…
   ☐ Bruxelles. ☐ Anvers.
   ☐ Liège. ☐ Gand.

3. Le plus long fleuve belge est…
   ☐ la Seine. ☐ le Rhin.
   ☐ la Meuse. ☐ l'Escaut.
4. La Belgique est un État fédéral comme…
   ☐ la France. ☐ l'Allemagne.
   ☐ la Suisse. ☐ l'Italie.
5. La Belgique est une monarchie constitutionnelle parlementaire. Cela veut dire qu'il y a …
   ☐ un parlement. ☐ un roi / une reine.
6. Il y a ☐ 2 ☐ 3 ☐ 4 ☐ 5 langues officielles en Belgique.
7. En Belgique, on paie avec ☐ le franc belge. ☐ l'euro.
8. Dans la capitale, Bruxelles, il y a … de l'Union européenne.
   ☐ le Conseil
   ☐ la Banque centrale
   ☐ la Commission
   ☐ le Parlement principal

9. La Belgique est connue pour ses…
   ☐ romans d'amour. ☐ BD.
   ☐ poèmes. ☐ mangas.
10. En Belgique, on mange souvent…
    ☐ des frites. ☐ des sardines.
    ☐ du camembert. ☐ des moules.
11. Comme dessert, les Belges adorent surtout …
    ☐ les croissants. ☐ les gaufres. ☐ le chocolat. ☐ les crêpes.
12. En ce qui concerne les boissons, … belge est célèbre.
    ☐ le café ☐ la bière ☐ le vin ☐ le thé

ÉCRIRE

b) Grâce au quiz, vous en savez maintenant plus sur la Belgique. À partir des solutions de la partie a), écrivez un texte informatif qui présente brièvement la Belgique.

1 La minute belge

LIRE

1 Quelques expressions francophones (vor SB S. 93, Nr. 4)

a) Devinez la signification des expressions belges en gras à partir du contexte. Mettez-vous par deux et trouvez un équivalent en « français de France ». Faites l'exercice à l'oral.

- Ça te dit de sortir ce soir ? Léa ne peut pas : elle est en plein **blocus (1)**, elle veut bien se préparer à ses examens. On l'a pas vue beaucoup à l'**unif (2)** ces derniers temps, elle a souvent **brossé (3)** les cours, alors faut pas la déranger… Mais elle va **tirer son plan (4)**, elle s'en sort toujours…
- Mais si Léa vient pas, qui est-ce qui **fait le bob (5)** ? Pas moi !
- OK, c'est mon tour de pas boire. Je te ramènerai en voiture.

1. ______________________________
2. ______________________________
3. ______________________________
4. ______________________________
5. ______________________________

b) Voici quelques expressions qui viennent de pays francophones autres que la France. Trouvez un équivalent en « français de France » et écrivez-le à droite.

Québec
- Faut que je te raconte ce qui se passe dans l'épisode 5…
-Non, ne **divulgâche** rien !

Indice : cherchez les mots *divulguer* et *gâcher* dans le dictionnaire.

Sénégal
- J'en ai marre de **camembérer** comme ça…

Côte d'Ivoire
Je ne m'attendais pas à ce qu'il **pose sa candidature**…

Cameroun
- … Voilà, merci pour votre attention.
- Merci, tu as bien appris la leçon. Essaie de moins ***motamoter*** la prochaine fois, parle naturellement.

2 Tensions en Belgique…

LIRE

1 Compréhension du texte (vor SB S. 94, Nr. 3)

a) Lisez le texte dans votre livre p. 93–94. Complétez les phrases.

Dans cet article, Bart Van Loo, un spécialiste de ____________________ de la Belgique, explique d'abord les ____________________ des problèmes entre les Flamands et les Wallons, puis il propose des ____________________.

b) Cochez la ou les bonne(s) réponse(s).

1. Au Moyen-Âge, la Belgique… ☐ était indépendante. ☐ n'était pas un pays. ☐ appartenait aux ducs de Bourgogne. ☐ était un lieu où Wallons et Flamands vivaient en paix.

2. Quelle est la date de naissance de la Belgique ? ☐ 1830 ☐ 1918 ☐ 1930 ☐ 1970

3. Quelle était la situation linguistique en Belgique dans le passé jusqu'au 20e siècle ?
   ☐ La langue puissante changeait avec les rois.
   ☐ Le français était plus puissant que le néerlandais.
   ☐ Le néerlandais était plus puissant que le français.
   ☐ Le français et le néerlandais avaient le même statut.

4. Pendant des siècles, … avai(en)t plus de succès économique.
   ☐ la Wallonie ☐ la Flandre ☐ les dirigeants wallons ☐ les dirigeants flamands

5. Jusqu'en 1930, dans les universités belges, les étudiants parlaient
   ☐ français et flamand. ☐ français ou flamand. ☐ tous flamand. ☐ tous français.

6. Certains nationalistes flamands accusent les Wallons de
   ☐ ne pas être bilingues. ☐ tout décider. ☐ coûter trop cher. ☐ ne pas aider les Flamands.

7. Aujourd'hui, contrairement à beaucoup d'hommes et femmes politiques, le roi et la reine de Belgique parlent
   ☐ français et flamand. ☐ seulement français. ☐ un peu flamand. ☐ anglais et français.

c) Répondez aux questions.

1. Qu'est-ce qui a joué / joue un rôle dans la domination d'une langue sur l'autre en Belgique ? (2 aspects)

   ____

   ____

2. L'historien Bart Van Loo pense que, pour trouver une solution aux tensions, il faut changer des choses dans différents domaines. Lesquels ? (2 exemples)

   ______________________ ______________________

3 Vivre à Bruxelles est une aubaine !

GRAMMAIRE G10

1 Le passif, ne le laissez pas passer ! (zu SB S. 109)

Mettez les phrases **1–3** à la voix **active** et **4–6** à la voix **passive**.

1. Les murs peints de Bruxelles ont été photographiés par les touristes.

   ____

2. De nouvelles peintures sont réalisées chaque année par des artistes.

   ____

3. Une place spéciale sera donnée aux artistes féminines par la ville.

   ____

4. La ville interdira bientôt les voitures dans plus de rues.

   ____

5. On laissera les voitures sur des parkings en banlieue.

   ____

6. Les Bruxellois utilisent souvent le vélo pour se déplacer en ville.

   ____

4 Bruxelles, je t'aime

ÉCRIRE

1 Pourquoi je ne t'aime pas (zu SB S. 97, Nr. 8)

a) Choisissez deux villes, une que vous détestez et une que vous aimez beaucoup. Notez leur nom dans le tableau.

b) Puis complétez le tableau avec des mots-clés.

La ville que vous détestez :	
Pourquoi vous la détestez ? 👎	Ex. : le bruit
Elle a quand même des qualités… 👍	Ex : les parcs
La ville que vous aimez beaucoup :	
Quelles sont ses qualités ? 👍	
…et ses défauts ? 👎	

c) Maintenant, sur le modèle de la chanson d'Angèle, écrivez une strophe et un refrain sur cette ville que vous n'aimez pas. Aidez-vous de vos réponses à la question b).

______________________, je te déteste / je ne t'aime pas

On a / On n'a pas ______________________

On a / On n'a pas ______________________

On a / On n'a pas ______________________

Il va peut-être y avoir ______________________

Mais après, ______________________

______________________, je te déteste, ______________________, je te déteste

Tu me/m' ______________________

______________________, je te déteste, ______________________, je te déteste

T'es ______________________

______________________, je te déteste ______________________, je te déteste

MÉDIATION

2 Jetzt wäre der Moment! (nach SB S. 97, Nr. 8) → Stratégie Sprachmittlung

Vous avez écouté la chanson d'Angèle en cours et vous en avez parlé avec votre corres, mais il / elle ne connaît la chanteuse que de nom. Alors vous vous êtes renseigné(e) sur elle ; vous avez trouvé cet article. Vous allez rédiger un message à votre ami(e) dans lequel vous allez présenter a) la musique et les thèmes des chansons d'Angèle et b) les étapes de sa carrière (brièvement).

Jetzt wäre der Moment. Der Moment, die Zeit zu nutzen und seine Französischkenntnisse aufzubessern. Am besten lerne man Sprachen vor Ort, wird gern gepredigt, aber das geht jetzt nicht. Die Alternative: Wir schlagen Französischlektionen mit der belgischen Musikerin Angèle vor. Das ist Sprachenlernen am Puls der Zeit – ihre Songtexte handeln von der Generation Y, der französischen #MeToo-Bewegung und Angèle selbst. Und abgesehen davon macht ihre Musik ziemlich viel Spass.

[…] Die 25-jährige Belgierin ist in ihrem Herkunftsland wie auch in Frankreich ein Star. […] 2018 erschien Angèles erstes Album, «Brol» – belgischer Slang für «Chaos». […] 2019 erschien mit «Brol – La suite» eine Fortsetzung des Erstlings mit sieben neuen Titeln. Angèles Musik erinnert an klassische französische Chansons – ihre Lieder sind melodiös und erzählend. Gleichzeitig pumpen Bässe, im Hintergrund gluckst der Synthie wie ein nervöser Schluckauf. Im Lied «Loi de Murphy» (dt.: «Murphys Gesetz») rappt sie die Strophen – Rap habe sie inspiriert, erklärt sie in einem Interview.

Der endgültige Durchbruch gelang Angèle mit dem Lied «Balance ton quoi» (dt.: «Verpfeif dein – was auch immer»), einem heiter klingenden, aber bitterbösen Stück an die Adresse aller Sexisten. Der Titel ist inspiriert vom Slogan der französischen #MeToo-Bewegung: «Balance ton porc», was ungefähr so viel bedeutet wie «Verpfeif dein Schwein» – eine Aufforderung, die Namen von Tätern sexueller Übergriffe öffentlich zu machen. […]

Bekannt wurde Angèle über Instagram: Sie postete kurze Videos, in denen sie wahlweise singt, am Klavier improvisiert oder herumblödelt. […] Dabei scheut sich Angèle nicht, politisch zu sein. Im letzten Juli postete sie ein Video mit einem kurzen Lied über den Klimawandel […]. Zudem engagiert sie sich für die LGBTQ-Bewegung und besingt im Lied «Ta reine» die weibliche Homosexualität.

Andrea Knecht, Berner Zeitung, 02/04/2020

a) Lisez l'article et paraphrasez en français les mots et expressions suivants (si besoin, paraphrasez-les d'abord en allemand).

melodiös (l. 19): ______________________________

erzählend (l. 19): ______________________________

der endgültige Durchbruch (l. 24): ______________________________

bitterböse (l. 27): ______________________________

ein Sexist (l. 27): ______________________________

öffentlich machen (l. 32): ______________________________

Angèle scheut sich nicht (l. 37): ______________________________

b) Relisez l'article et marquez en jaune les passages décrivant la musique d'Angèle, en vert ses thèmes et en bleu les étapes de sa carrière.

c) Écrivez quelques phrases en français dans le tableau. Pour la musique, aidez-vous des mots-clés indiqués. Puis rédigez votre réponse à votre corres.

Musique (melodiös, erzählend, niedrige Töne, Rap)	
Thèmes	
Carrière	

5 Mon quotidien en Nouvelle-Calédonie

LIRE

1 Compréhension du texte (vor SB S. 99, Nr. 3)

a) Lisez le texte *Mon quotidien en Nouvelle-Calédonie*, puis reliez les passages indiqués à gauche aux mots-clés à droite qui correspondent. Attention : il y a deux propositions en trop !

l. 1–12 •	• Le rythme de vie d'un collégien à Nouméa
l. 13–18 •	• Les passions de Joshua
l. 19–27 •	• Le quotidien à Maré pendant les vacances
l. 28–31 •	• Présentation de Joshua – sa vie entre deux lieux
l. 32–39 •	• L'avenir de Joshua : sur quelles terres ?
l. 40–53 •	• Un voyage scolaire au Japon
l. 53–63 •	• Le métier de ses rêves
l. 63–68 •	• La langue et les valeurs kanak
	• La famille et ses traditions
	• Le respect de la nature

b) Cochez la bonne réponse. Corrigez la phrase si c'est faux.

	vrai	faux
1. Joshua et sa famille ont quitté leur île pour venir vivre dans la « capitale ». Correction : ______	☐	☐
2. Il est élève au collège Rivière-Salée à Maré. Correction : ______	☐	☐
3. Joshua aime aller au collège pour y lire des mangas mais déteste les cours. Correction : ______	☐	☐
4. Comme il a beaucoup d'activités, il ne voit plus beaucoup sa famille. Correction : ______	☐	☐

c) Cochez la bonne réponse.

1. Les parents de Joshua
   - ☐ refusent qu'il devienne psychologue.
   - ☐ l'obligent à rester plus souvent avec eux à la maison.
   - ☐ lui transmettent les valeurs traditionnelles de leur île.
   - ☐ l'encouragent à devenir chef de clan comme son père.
2. Quand il est à Maré, Joshua
   - ☐ se repose en se levant tard le matin et en allant à la plage.
   - ☐ aide sa grand-mère à s'occuper de ses fruits et légumes.
   - ☐ apprend le nengone qu'il ne peut pas apprendre dans la capitale.
   - ☐ observe que les personnes âgées sont aussi respectées qu'à Nouméa.

d) Complétez.

Plus tard, Joshua aimerait vivre ______ et aller régulièrement ______.

Mais avant ça, il passera quelque temps ______ comme étudiant.

GRAMMAIRE G11

2 Maré est une île dont la langue est le nengone (zu SB S. 110)

Liez les deux phrases en utilisant le pronom relatif **dont**.

1. Maré est une île traditionnelle. Joshua vient de Maré.

   ______

2. Le peuple kanak a beaucoup de traditions. Joshua et sa famille font partie du peuple kanak.

   ______

3. Dans la tribu Nécé, le père de Joshua est chef de clan. Ils sont membres de la tribu Nécé.

   ______

4. La tribu est très importante pour Joshua. Il sera le porte-parole de la tribu plus tard.

   ______

5. Joshua explique les valeurs des anciens. Il se sent responsable de ces valeurs.

   ______

6 Wie Sprachensterben Identitätskrisen auslösen kann

MÉDIATION

1 Je suis la langue que je parle (zu SB S. 100, Nr. 1) → Stratégie Sprachmittlung

À partir du texte (livre, p. 100–101), présentez l'usage des langues en Nouvelle-Calédonie à votre corres en suivant les étapes proposées à gauche en allemand.

Hauptaspekt im Text zum Thema „Sprachensituation in Neukaledonien": Sprachen sterben Konkretes Beispiel: Vamale	
Ab wann kann man sagen, dass eine Sprache stirbt? Kinder sprechen nicht mehr in der Sprache (laut Jean Rohleder, junger Sprachenspezialist)	
Warum ist es so? Die Lokalsprache wird seit den 1960ern den Kindern nicht mehr beigebracht. Die Kinder sprechen Französisch in Internaten und auch in der Familie. Französisch = Sprache der Zukunft	
Was ist der Vorteil der Lokalsprache? = Geheimsprache zwischen Clans	
Entspricht es dem, was der/die Corres erlebt? Welche Sprache(n) spricht er/sie denn?	

7 La vie en rose

VOCABULAIRE

1 Des mots qu'on peut deviner (vor SB S. 103, Nr. 2)

Trouvez la signification du mot en gras. Indiquez la technique utilisée.

A mot de la même famille B mot d'une autre langue C contexte

	signification	A/B/C
« Un visage lui apparut, des souvenirs vagues de la soirée. Sa **mémoire** ne lui révélait pas tout … » l. 6–7	Gedächtnis	B engl. memory
« … elle voulait (…) **se confronter** à un visage qui l'avait beaucoup fait **souffrir**. » l. 38–40		
« sa **timidité** » l. 48		
« Il n'avait pas son permis de conduire (…), mais **peu importait**, l'amour faisait faire des folies. » l. 60–63		
« leurs **retrouvailles** » l. 64		
« ils seraient bien obligés de **se séparer** » l. 69–70		

LIRE

2 Compréhension du texte (vor SB S. 103, Nr. 3)

a) Lisez le texte. Mettez les évènements mentionnés dans l'ordre dans lequel ils se sont passés.

☐	Rose se réveille après une fête.	☐	Elle rencontre Ludo dont elle tombe amoureuse.
☐	Elle quitte la maison pour aller à une animation musicale.	☐	Elle arrête son BTS à Nouméa et retourne vivre sur l'île.
☐	Elle mène une vie tribale après avoir arrêté son BTS.	☐	Ludo se sépare de Rose et part étudier en France.

b) Relisez le texte. Cochez la bonne réponse. Justifiez vos réponses avec les lignes du texte.

1. Rose accomplit différentes tâches pour ses parents et sa tribu : elle fait ce travail
   - ☐ par tristesse et sans se concentrer.
   - ☐ avec énergie pour se défouler.
   - ☐ pour aider mais elle en a assez.

   Justification : ______________________________

2. Ludo
   - ☐ est plus âgé qu'elle et plus sûr de lui.
   - ☐ est plus jeune qu'elle mais a des projets d'avenir.
   - ☐ a le même âge qu'elle et a une personnalité d'artiste.

   Justification : ______________________________

   ____

3. Rose et Ludo
   - ☐ ont tous les deux fait ou commencé des études à Nouméa.
   - ☐ se sont rencontrés à Nouméa après le master de Ludo en France.
   - ☐ veulent faire des études d'anglais ensemble en métropole.

   Justification : ______________________________

   ____

4. Ludo est originaire
   - ☐ de la capitale.
   - ☐ d'une tribu d'une autre île.
   - ☐ d'une tribu de la même île.

   Justification : ______________________________

5. Rose et Ludo cachaient leur amour
   - ☐ pour ne pas choquer les aînés.
   - ☐ pour ne pas mettre en colère le frère de Rose.
   - ☐ pour ne pas rendre jalouse l'ex-copine de Ludo.

   Justification : ______________________________

6. Rose a décidé d'arrêter ses études parce qu'elle
   - ☐ préférait la vie tribale à la vie en ville trop dangereuse la nuit.
   - ☐ désirait vivre avec Ludo dans sa tribu plutôt que d'étudier le tourisme.
   - ☐ voulait passer le plus de temps possible avec Ludo avant son départ.

   Justification : ______________________________

   ____

GRAMMAIRE

3 Adjectif ou adverbe ? (zu SB S. 110)

RAPPEL Les adjectifs et les adverbes

Adjektive bestimmen Nomen oder Pronomen näher. Sie sind veränderlich.
Das Adverb kann ein Verb, ein Adjektiv, ein weiteres Adverb oder einen ganzen Satz näher bestimmen. Adverbien sind unveränderlich.
die Bildung des Adverbs: weibliche Form des Adjektivs + ment → parfaitement
Ausnahmen: die Adjektive, die im Maskulinum auf Vokal enden → joliment
die Adjektive auf -ent oder -ant → différemment, indépendamment
Sonderformen → bien, mieux, mal, vite, gentiment

a) Lisez le texte qui raconte la vie de Rose. Soulignez le mot qui convient : l'adjectif ou l'adverbe.

Rose, une jeune fille de Nouvelle-Calédonie, était en train de faire son BTS à Nouméa quand elle est tombée folle / follement amoureuse de Ludo, un beau jeune homme de 24 ans. Normale / Normalement , Rose était très timide / timidement mais avec Ludo, elle se sentait totale / totalement à l'aise. Elle était heureuse / heureusement comme jamais. Alors, elle a arrêté ses études et l'a suivi sur leur île d'origine pour profiter complète / complètement de lui.

b) Complétez maintenant la suite du texte avec les mots proposés. Décidez s'il faut un adjectif ou un adverbe ; pensez à accorder l'adjectif ou à transformer l'adjectif en adverbe.

libre triste traditionnel régulier dur officiel

Sur l'île, les amoureux se voyaient ______________ . Mais c'était ______________ de se retrouver. Ils ne pouvaient se voir ______________ que la nuit. Ils ne formaient pas encore ______________ un couple, il fallait respecter les règles ______________ des aînés… Puis, comme prévu, Ludo est parti en France. Cela a rendu Rose très ______________ .

LIRE / PARLER

4 Présenter la Nouvelle-Calédonie (zu SB S. 104, Nr. 9) → Stratégie Präsentation

a) Voilà des informations pour vos mini-présentations sur la Nouvelle-Calédonie, mais elles sont dans le désordre. Trouvez l'aspect auquel se rapportent les informations : notez la bonne lettre.

A La géographie **B Les langues parlées** **C Être jeune**

	1. Pour les jeunes Kanak, faire partie du peuple kanak et d'une tribu est un élément important de leur identité.
	2. La Nouvelle-Calédonie est un archipel* situé dans l'océan Pacifique.
	3. Les Kanak, la population indigène*, parlent des langues locales.
	4. L'éducation se fait en français, la langue officielle ; les cours sont comme en France.
	5. Ce territoire se trouve à l'est de l'Australie.
	6. Les jeunes ont la possibilité de faire des études à Nouméa.
	7. Il y a environ 30 langues locales, comme par ex. le nengone ou le vamale.
	8. Beaucoup de jeunes respectent les valeurs traditionnelles – mais ont des loisirs ou sortent comme les jeunes de métropole.
	9. Il y a beaucoup de côtes et des plages magnifiques.
	10. Certaines langues locales disparaissent car elles ont été longtemps mal vues, mais il y en a aussi qu'on peut apprendre à l'école.

b) Devinez le sens des mots nouveaux marqués d'un*. Si besoin, regardez dans un dictionnaire.

c) Voici quelques phrases utiles pour une mini-présentation sur les langues parlées en Nouvelle-Calédonie. Mettez-les dans le bon ordre (et copiez-les ensuite sur une feuille).

A C'est un sujet intéressant parce qu'il y a presque 30 langues sur le territoire néo-calédonien.	
B Ensuite, je vais expliquer quel rôle joue la langue française de nos jours en Nouvelle-Calédonie. Tout cela, c'est lié à l'histoire.	
C Ce qu'il est intéressant de savoir, c'est que le français est la langue officielle de la Nouvelle-Calédonie aujourd'hui.	
D Pour finir, il sera question de la situation des langues locales aujourd'hui.	
E Merci pour votre attention ! Est-ce que vous avez des questions ?	
F Au début, je vais vous présenter brièvement les différentes langues.	
G Le sujet de mon exposé, ce sont les langues parlées en Nouvelle-Calédonie.	

d) Préparez votre mini-présentation sur les langues. Pour cela,
- reprenez les phrases de **c)** écrites dans le bon ordre : à la fin de la présentation de la structure de votre exposé, faites une croix ;
- là où il y a la croix, intégrez les infos de la partie **a)** sur les langues : d'abord celles sur la langue française, puis celles sur les langues locales ;
- puis entraînez-vous à faire votre mini-exposé à l'oral (l'un(e) commence, l'autre donne un feedback, et vice versa – vous pouvez aussi vous enregistrer sur smartphone).

8 Le voyage de Yao

VOCABULAIRE

1 Quelques mots nouveaux (nach SB S. 107) → Stratégie In einem digitalen Worterbuch nachschlagen

a) Voici des mots qui vous seront utiles pour comprendre les documents des exercices 2 et 3. À partir des contextes indiqués ci-dessous, cherchez dans un dictionnaire la traduction qui vous semble convenir le mieux et notez-la.

Contexte : film, cinéma			Contexte : éducation
(1) réaliser		(4) un scénario	(6) une formation
(2) produire	(3) une projection	(5) la mise en scène	(7) former

b) Trouvez la signification des mots ci-dessous (sans dictionnaire). Indiquez la technique utilisée.

	A mot de la même famille ?	B mot d'une autre langue ?	signification
un conte	raconter		Erzählung, Märchen
la transmission			
la fierté			
le doute			

ÉCOUTER
A 5

2 Compréhension orale : Une interview d'Omar Sy (nach SB S. 107)

Vous allez écouter une interview d'Omar Sy réalisée par deux journalistes. L'un des journalistes, Yves Calvi, est en France. L'autre, Stéphane Boudsocq, se trouve au Sénégal.
Lisez d'abord les questions et le vocabulaire (voir aussi ex. 1 p. 73). Puis écoutez le reportage.

Complétez la phrase ou répondez. / Cochez la bonne réponse.

1. C'est dans la ville sénégalaise de Saint-Louis que se trouve le journaliste Stéphane Boudsocq.
   On apprend ainsi que Saint-Louis est la ______________ plus grande ville du pays et qu'elle se situe ______________ de Dakar.

2. Stéphane Boudsocq et Omar Sy sont à Saint-Louis pour
   - ☐ expliquer aux habitants comment réaliser un film.
   - ☐ (re)voir les endroits où le film Yao a été tourné.
   - ☐ enregistrer des contes traditionnels sénégalais.

> **POUR VOUS AIDER**
> **une vedette** une star
> **la notoriété** la renommée

3. Nommez un grand thème du film Yao cité par le journaliste. ______________________________

4. Pourquoi le film Yao est-il un film particulièrement important pour Omar Sy ?
   ____

5. Produire lui-même le film permet à Omar Sy d'être sûr que le film a ______________________
   ____.

6. Omar Sy vient souvent au Sénégal pour des raisons ☐ touristiques. ☐ professionnelles. ☐ familiales.

7. Omar Sy est revenu au Sénégal pour montrer ce film aux Sénégalais, mais aussi et surtout à ceux qui
   ____.

8. Omar Sy est ☐ aussi ☐ moins ☐ plus célèbre au Sénégal qu'en France.

9. L'acteur aime surtout venir au Sénégal quand il a besoin de / d' ______________________________.

10. La projection du film à Saint-Louis a eu lieu ☐ dans un grand cinéma ☐ dans un petit cinéma ☐ dehors avec ☐ 50 ☐ 200 ☐ 300 personnes.

11. Le journaliste a trouvé que c'était touchant de voir le film là-bas parce que ______________________
    ____.

ÉCOUTER ET REGARDER

V1

3 Compréhension audiovisuelle : Le cinéma au Sénégal (nach SB S. 107)

Vous allez maintenant regarder un reportage sur l'industrie cinématographique au Sénégal. Complétez les phrases et cochez les bonnes réponses.

1. Au début, le reportage montre le __________ d'une ______________ au Sénégal.
2. Kery James est
   - ☐ un spectateur de M'bour.
   - ☐ un producteur sénégalais.
   - ☐ un artiste français.
3. Selon Kery James, quand on commence à filmer au Sénégal, ____ ____.
4. Dans les pays francophones d'Afrique, on produit ☐ autant / ☐ moins / ☐ plus de films qu'au Nigéria.
5. D'après Rosa Manuela Évora, le Sénégal
   - ☐ a tout ce qu'il faut pour réaliser des films.
   - ☐ a besoin de plus de moyens pour produire son propre cinéma.
   - ☐ a envie de relever le niveau de qualité de ses films.
6. D'après l'actrice sénégalaise, le Sénégal produit assez de ______________ mais pas assez de ______________.
7. La deuxième partie du reportage a été tournée à ______________ (ville ?), dans une ______________________________ qui a été ouverte en ______________.
8. Toumani Sangaré explique que dans ce centre de formation, on apprend principalement
   - ☐ à filmer des paysages.
   - ☐ à écrire un scénario.
   - ☐ le métier d'acteur / actrice.
   - ☐ à réaliser un film.
   - ☐ à manager une équipe.
   - ☐ les techniques de son et lumière.

6 Citoyenne / Citoyen d'Europe

D6 Solutions

Entraînement

VOCABULAIRE

1 Expressions utiles (vor SB S. 112)

a) Trouvez l'intrus.

2. faire	a) un gâteau	b) une salade	c) des crêpes	d) une recherche
3. prendre	a) un café	b) une décision	c) un verre	d) le petit-déjeuner
4. préparer	a) son sac	b) un projet	c) un repas	d) la chambre d'amis

b) Trouvez le verbe qui va avec chaque nom ci-dessous. (Parfois, plusieurs solutions sont possibles.)

exprimer participer à poser recevoir suivre

1. ____________________ un échange
2. ____________________ ses idées
3. ____________________ des informations
4. ____________________ des questions
5. ____________________ un projet
6. ____________________ un point de vue
7. ____________________ des conseils
8. ____________________ des nouvelles de qn
9. ____________________ un cours
10. ____________________ son avis
11. ____________________ sa candidature
12. ____________________ l'actualité
13. ____________________ un sondage
14. ____________________ de la visite

VOCABULAIRE

2 Qui dit quoi ? (vor SB S. 112)

a) Reformulez les phrases ci-dessous avec des expressions de l'exercice 1. Écrivez sur une feuille.

A « Je *m'informe sur ce qui se passe au quotidien* en France et dans le monde, je vais voter. J'aime bien *répondre aux questions qui sont là pour savoir ce que pensent les gens.* J'aime *dire ce que je pense.* »

B « Je *suis en Allemagne* pour une durée de trois mois, je *vais au lycée* avec mon corres. »

C « Pour trouver un stage financé par l'Europe, j'ai *fait comme mon prof à l'université m'a dit de faire.* J'ai *cherché* sur Internet et j'ai trouvé un stage, alors j'ai *envoyé un e-mail avec tous les documents nécessaires en espérant qu'ils me choisiraient.* »

b) Relisez les phrases de la partie a). Qui pourrait les avoir prononcées ? Notez A, B ou C.

1. un(e) élève : _____
2. un(e) étudiant(e) : _____
3. un(e) citoyen(ne) (*Staatsbürger(in)*) : _____

VOCABULAIRE

3 Les voyages en Europe forment la jeunesse ! (vor SB S. 112)

Voici quatre groupes de jeunes qui voyagent en Europe. Dites où ils se trouvent (A).
Puis dites d'où ils partent (A) et où ils vont (B).

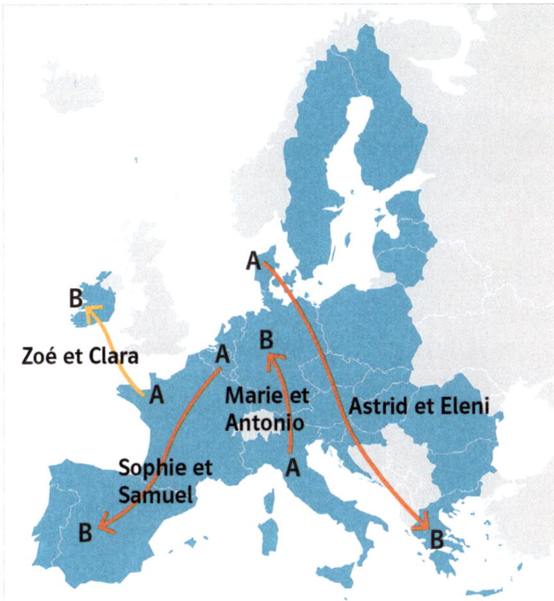

Ex. : 1. Zoé et Clara sont en France.
Elles partent de France et vont en Irlande.

Groupe 2 : Sophie et Samuel

____

____

Groupe 3 : Maria et Antonio

____

____

Groupe 4 : Astrid et Eleni

____

____

1 Ce que vous apporte la citoyenneté européenne

LIRE

1 On s'entraîne au résumé (1/2) (nach SB S. 116, Nr. 8) → Stratégie Die Zusammenfassung eines Textes schreiben

Lisez d'abord le texte, puis répondez aux questions.

Mobilité en Europe : Des jeunes de Saint-Pierre-lès-Elbeuf partent à l'étranger

La ville de Saint-Pierre-lès-Elbeuf avec la MJC de la région d'Elbeuf s'engage à la mobilité des jeunes sur le territoire. Grâce au relais mobilité, les jeunes peuvent être accompagnés s'ils souhaitent s'engager dans une mission du corps européen de solidarité, un dispositif financé par l'Union Européenne. Le but est de permettre aux jeunes entre 18 et 30 ans de s'engager dans une activité solidaire dans un pays européen (ou pays partenaires voisins de l'Union européenne) sur une période de 2 à 12 mois.

Une opportunité à saisir

C'est le cas du Saint-Pierrais Théo Denis, 22 ans, qui est actuellement à Macerata en Italie pendant 10 mois. Il restera jusqu'en septembre 2022. « Je travaille avec les écoles et dans la boutique associative et dans un potager. On essaye de sensibiliser les enfants au recyclage, à la nature. » Une opportunité pour Théo, qui a obtenu sa licence en littérature anglaise : « J'ai toujours rêvé de travailler à l'étranger. J'ai choisi de postuler pour ça parce que je voulais découvrir de nouveaux domaines, de nouvelles compétences que je n'avais pas forcément acquises via mes études. Ça va me servir dans ma vie future », explique-t-il. Par la suite, le jeune homme souhaite s'orienter vers le tourisme.

Les jeunes européens sont accueillis également à Saint-Pierre-lès-Elbeuf. C'est le cas de Maria Orbea, 21 ans, qui est originaire de Madrid en Espagne. Elle restera en Normandie pendant 10 mois. Étudiante en sciences politiques et relations internationales, elle effectue son stage au service urbanisme de la mairie de Saint-Pierre. Elle travaille à l'élaboration d'un questionnaire dans le cadre de l'écosystème des entreprises. En octobre, un autre stagiaire européen sera accueilli et travaillera au sein de la mairie pour engager les jeunes sur des actions de citoyenneté. La MJC de la région d'Elbeuf et le Cap Jeunes présentent aux jeunes intéressés les différents dispositifs selon leurs projets et les aident à monter les dossiers.

Des Saint-Pierrais à Malte

Pour les jeunes qui souhaitent voyager sur une plus courte période, dans le cadre du programme d'échange européen Erasmus plus, cinq jeunes de Saint-Pierre partiront à Malte une semaine, du 24 juin au 1er juillet 2022. Ils seront accueillis par une association catholique. Ilyes, 19 ans, étudiant en Licence administration économique et sociale, découvrira ce bel archipel au sud de l'Europe. « J'aime voyager, découvrir une nouvelle culture et je veux améliorer mon anglais », explique le jeune homme. Mais attention, il ne s'agit pas que de vacances. Les jeunes suivent des ateliers sur l'impact des réseaux sociaux avec, à l'issue de la semaine, une évaluation finale.

Auria Boukar, actu.fr, 8/04/2022

l. 3 la MJC la maison des jeunes et de la culture • **l. 5 un relais** *ici :* un bureau • **l. 8 un dispositif** *ici :* un programme, un projet • **l. 14 saisir qc** *ici :* profiter de qc • **l. 19 un potager** Gemüsegarten • **l. 21 une licence** un diplôme après trois ans d'études • **l. 23 postuler** poser sa candidature • **l. 26 acquérir** *(pp acquis(e))* erwerben • **l. 35 effectuer** faire • **l. 36 l'urbanisme** *(m.)* Stadtplanung • **l. 36 la mairie** Rathaus • **l. 37 l'élaboration** *(f.)* la préparation, la création • **l. 39 au sein de** dans • **l. 44 monter** *ici :* préparer • **l. 53 un archipel** Inselgruppe • **l. 58 l'issue** *(f.) ici :* la fin

a) Quel est le thème central du texte ?

____

b) Il faut maintenant reconnaître les mots-clés et les idées importantes du texte. Relisez d'abord le 1er paragraphe du texte et décidez si les passages surlignés sont ou non les bons mots-clés.

c) Relisez le texte en entier et surlignez les mots-clés des 2e, 3e et 4e paragraphes.

ÉCRIRE

2 On s'entraîne au résumé (2/2) (nach SB S. 116, Nr. 8) → Stratégie Die Zusammenfassung eines Textes schreiben

a) Vous allez écrire un résumé du texte. Commencez par l'introduction : pour cela, complétez les phrases ci-dessous avec les mots / expressions qui conviennent.

Le texte, intitulé ____

____,

a été écrit par ______________________ en ______________.

L'article parle d'______________ de l'Union européenne qui permet aux jeunes de s'engager dans une mission solidaire ______________________ (où ?). La ville aide les personnes intéressées. L'article présente trois jeunes européens qui font ou vont faire un séjour ______________ ou ______________ dans le cadre de ce programme ______________ par l'UE.

b) Continuez ensuite votre résumé. Il est important de bien le structurer. Pour cela, choisissez parmi les mots proposés celui qui convient pour bien présenter et articuler les idées du texte et complétez / reformulez les phrases.

______________________, l'autrice présente Théo Denis, un jeune normand en mission en Italie.

(D'abord / Puis / Enfin)

Théo est venu là. Il a pour but de montrer aux enfants qu'il faut protéger la nature.

(sans / avant de / pour)

____

Il trouve ce travail utile. Ce travail lui permet de gagner de nouvelles compétences.

(mais / car / quand même)

____

c) Résumez de la même manière les 3ᵉ et 4ᵉ paragraphes. Pensez à structurer votre texte avec des mots-charnières appropriés. Écrivez sur une feuille.

POUR VOUS AIDER

Quelques mots-charnières :

d'abord	donc / c'est pourquoi
puis / après / ensuite	car / parce que
enfin / finalement	mais / par contre

GRAMMAIRE
G12

3 Un exercice avec lequel je m'entraîne (zu SB S. 129, Nr. 1)

Après avoir lu l'article sur la mobilité en Europe, un journaliste radio a rencontré les jeunes qui y sont mentionnés. À la radio, il parle de l'article et des jeunes en mission. Complétez ses paroles avec une préposition + une forme du pronom relatif **lequel** ou une préposition + **qui**.

pendant   sans   à   pour (2x)   grâce à   avec

L'autrice présente des jeunes ______________________ l'UE finance un séjour dans un pays européen autre que leur pays d'origine. Ils profitent d'un programme européen ______________________ ______________________ une longue expérience à l'étranger serait plus difficile à organiser. Une mission de 10 mois est une expérience ______________________ on a vraiment le temps d'acquérir des nouvelles compétences. Le programme européen ______________________ ils participent sera vraiment un plus sur leur CV ! Les jeunes actuellement en stage tiennent à remercier les employés du relais mobilité ______________________ ils ont pu monter un dossier qui a été accepté. En plus, ils se sentent tous très concernés par les sujets ______________________ ils s'engagent, m'a raconté Théo, ______________________ les enfants apprennent le recyclage et la solidarité.

2 Des ados à Athènes : l'Europe, c'est quoi ?

LIRE

1 Compréhension du texte (vor SB S. 118, Nr. 3)

a) Lisez le texte (livre, p. 117) l. 1–22, puis complétez les phrases.

Un groupe de 49 élèves français, roumains et ______________ s'est retrouvé à ____________________. Le but de cette rencontre européenne était de / d' ______________________________________.

Ce projet s'est déroulé dans le cadre de / d' ______________________________, un programme de l' ________________________________ qui aide ____________________ à mener des projets.

b) Lisez le texte l. 23–68, puis cochez la ou les bonne(s) réponse(s). Justifiez votre choix avec une citation du texte.

1. Estelle
   - ☐ a appris des bases de grec et peut ainsi échanger avec sa corres.
   - ☐ a été en contact avec sa correspondante avant le projet.
   - ☐ a eu peur des difficultés liées aux différences culturelles.

   Justification : ____

2. Pendant le projet,
   - ☐ les jeunes ont pu se comprendre grâce à la langue anglaise.
   - ☐ de nouveaux liens d'amitié se sont formés entre les jeunes.
   - ☐ quelques élèves ont eu des problèmes à s'adapter au quotidien.

   Justification : ____

3. Dans les groupes de travail,
   - ☐ les jeunes ont réfléchi au sujet de l'intégration.
   - ☐ les élèves ont écrit des textes dans différentes langues.
   - ☐ les ados ont préparé un magazine sans l'aide des profs.

   Justification : ____

4. Le prochain projet « Mediaparks »
   - ☐ se déroulera en France.
   - ☐ aura pour thème la paix en Europe.
   - ☐ permettra d'approfondir la rencontre d'Athènes.

   Justification : ____

GRAMMAIRE
G13, G14

2 Avant de partir, j'étais un peu stressée (zu SB S. 129, Nr. 1)

Complétez les phrases par **après**, **avant de**, **pour** ou **sans** et l'un des infinitifs ou avoir + participe passé.

avoir travaillé | préparer | dépasser | parler | aider | rencontrer

1. ______________________________ les autres jeunes, Estelle ne savait pas s'ils se comprendraient.
2. À Athènes, les collégiens roumains, grecs et français ont travaillé en groupe ________________ ______________________ un numéro trilingue de la revue.
3. Même ______________________ la langue des autres, ils ont réussi à bien travailler ensemble.
4. _________________________ la barrière de la langue, ils ont tous fait des gestes et des dessins.
5. De temps en temps, les professeurs passaient ____________________________ les élèves.
6. __________________________________ ensemble, ils sont devenus amis.

MÉDIATION **3 Europäisches Jahr der Jugend** (nach SB Text 2) → Stratégie Sprachmittlung

Votre classe travaille sur le thème de l'Europe pour préparer une exposition sur le sujet. Sur Internet, vous avez trouvé un texte qui parle du projet « Faites entendre votre voix ». Ce projet vous a convaincu(e) et vous voulez y participer. Dans un mail, informez vos corres sur cette initiative de l'Union européenne. Invitez-les à y participer aussi. Écrivez sur une feuille.

POUR VOUS AIDER

Faites d'abord un tableau et complétez-le :
- Wer? / Qui ?
- Was? / Quoi ?
- Wie beteiligt man sich? / Comment on participe ?
- Wie werden unsere Ideen verwendet ? / Comment sont utilisées nos idées ?
- Wozu? / Quel est le but ?

Gib deiner Vision eine Stimme – das neue Jugendprojekt der EU

Unter dem Motto „Gib deiner Vision eine Stimme" können sich junge Europäerinnen und Europäer Gehör verschaffen. Die EU hat eine neue Plattform ins Leben gerufen, auf der Ideen für die Zukunft Europas aufgezeichnet und untereinander geteilt werden können. […]

Was ist „Gib deiner Vision eine Stimme"?

„Gib deiner Vision eine Stimme" ist ein neues Projekt der Europäischen Kommission, mit dem Jugendliche in Europa stärker in die europäische Politik einbezogen werden sollen. Auf einer interaktiven Plattform können alle jungen Europäerinnen und Europäer ihre Vorstellungen und Wünsche für das Europa der Zukunft teilen und kommentieren. Damit sollen gerade junge Menschen die Möglichkeit erhalten, ihre Zukunftsvisionen zum Ausdruck zu bringen und so das Europa von morgen aktiv mitzugestalten. Um die Teilnahme aller Interessierten aus sämtlichen Mitgliedsstaaten zu ermöglichen, ist die Plattform in allen 24 Amtssprachen der EU verfügbar.

Wie kann man sich beteiligen?

Wer sich beteiligen möchte, kann seine Audiobotschaft auf der Webseite hochladen. Ob Klimawandel, Sicherheit, Integration oder Bildung – Thema der Botschaft kann grundsätzlich alles sein, was junge Menschen in Europa derzeit beschäftigt. Die Audiobotschaften können von den übrigen Teilnehmenden und anderen Interessierten abgehört werden. Dazu sind die Nachrichten nach Themengebieten sortiert […]. Zudem können die Nachrichten auch in der Originalsprache sowie in der englischen Übersetzung auf der Seite nachgelesen werden. […] Über verschiedene

Emojis gibt es die Möglichkeit, direkt auf die jeweilige Audiobotschaft zu reagieren.

Wie werden die Audiobotschaften verwendet?

Die aufgezeichneten Nachrichten werden von der Europäischen Kommission regelmäßig ausgewertet und bei zukünftigen politischen Entscheidungen berücksichtigt. Die Themen sollen außerdem auf den Social-Media-Kanälen der EU aufgegriffen und über Kommentare und in Live-Veranstaltungen diskutiert werden. […]

Was sind die langfristigen Ziele des Projekts?

Am 6. Dezember 2022 findet im Europäischen Parlament in Brüssel eine große Abschlussveranstaltung zum Europäischen Jahr der Jugend statt. Dort werden alle aufgezeichneten Botschaften als die „Stimme der europäischen Jugend" präsentiert. Aus den Erkenntnissen des Projekts soll dann ein Leitfaden für die Gestaltung der Zukunft Europas entstehen. Das Ziel der Initiative reicht jedoch über das Europäische Jahr der Jugend hinaus: Junge Menschen in Europa sollen sich dauerhaft an der politischen Entscheidungsfindung beteiligen und das Europa von morgen mitgestalten.

Bundesregierung, 05/2022

3 Vier Wochen Europa pur

MÉDIATION

1 Les aspects les plus importants (vor SB S. 119, Nr. 1) → Stratégie Sprachmittlung

Voici des expressions tirées du texte p. 119–120 de votre livre.
Lisez la consigne et le texte de la médiation p. 119.
Cochez ci-dessous les expressions utiles pour faire l'exercice de votre livre.

zwischen 220 und 430 Euro | einen ganzen Monat lang

in allen europäischen Ländern | mit dem Zug

etw. kann vorkommen | sechs Mal umsteigen

Anschlusszug verpasst | Freilichtmuseum

in komfortablen Einzelzimmern | eine Waschmaschine

ich habe […] weniger als 1000 Euro ausgegeben | mit Leuten auf engstem Raum

du triffst Gleichgesinnte | wie unterschiedlich die […] Kulturen sind | in die Ferne fliegen

ÉCOUTER
A 6

2 Compréhension orale : Un voyage en Europe avec « Discover EU » (nach SB S. 119–120)

Vous allez écouter une interview de Gaëlle, une jeune étudiante qui a voyagé en Europe grâce à « Discover EU ».
Lisez d'abord le vocabulaire et les questions. Puis écoutez le document.
Complétez les phrases ou cochez la bonne réponse.

> **POUR VOUS AIDER**
> **un dispositif** une action
> **hors qc** außerhalb von
> **compris(e)** inbegriffen

1. Gaëlle a voyagé avec « Discover EU »
   ☐ l'été dernier. ☐ il y a trois mois. ☐ en mai cette année.

Le dispositif « Discover EU » permet de voyager dans l'UE…

… avec quel moyen de transport ? ______________________________

→ Attention, Gaëlle précise qu'il faut payer soi-même si on prend ______________________________.

… à combien de personnes ? ______________________ (2 options)

3. Pour poser sa candidature, il faut donner des informations comme :

______________, ______________,
______________, ______________ et surtout sa carte d'identité.

Et il faut répondre à ______________________.

Selon Gaëlle, poser sa candidature, c'est ☐ court ☐ long ☐ simple ☐ compliqué.

4. Sans « Discover EU », Gaëlle aurait visité ______________________________.
5. Avec le pass, on peut voyager pendant __________ mais les jours de transport sont limités à ________.
6. Gaëlle a voyagé dans ______ pays, par ex. ______________________. (2 exemples)
7. À ceux que cela intéresse, Gaëlle conseille de ______________________________.

4 Vivre l'amitié franco-allemande

LIRE

1 Qui pourrait dire quoi ? (vor SB S. 121, Nr. 3)

Lisez le texte (livre, p. 120–121). Voici quatre témoignages. Qui pourrait les dire ? Écrivez sous chaque bulle à quelle stagiaire présentée dans le texte cela correspond : Sophie, Anne-Lise ou Célia ? Attention, un témoignage ne correspond à personne !

A Ce n'est pas mon premier séjour à l'étranger. Puisque je parle la langue, je ne suis pas trop inquiète. C'est ma première langue, donc ça va, je me débrouille bien après toutes ces années. Mais avant de partir, je vais relire certains cours. Et en plus, ça fera une première expérience professionnelle sur mon CV !

B Je suis contente de pouvoir pratiquer cette langue que j'apprends depuis plusieurs années et travailler en même temps. Je vais pouvoir améliorer mon niveau ! Ça va être intéressant de découvrir la ville jumelée que je n'ai pas encore pu visiter. Pour une première expérience à l'étranger, c'est agréable de recevoir l'aide de l'OFAJ.

C J'apprends la langue depuis l'âge de 11 ans. Cette expérience avec des enfants m'aidera à la perfectionner. Peut-être que ça me donnera envie de devenir professeure des écoles plus tard ? Je serai contente de revoir cette ville qui m'avait bien plu !

D Ce séjour-ci sera plus long que le premier. Je me sens bien préparée. Je parle la langue. Je suis sociable et j'ai le sens des responsabilités. C'est important dans ce type de stage où les tâches sont diverses. J'ai des contacts avec des gens de tout âge. Il faut s'habituer aux nouvelles situations, mais on y arrive. Je découvre une autre culture en montrant la mienne.

VOCABULAIRE

2 Tu m'expliques ce que c'est… ? (nach SB S. 122, Nr. 5)

Pendant un séminaire de l'OFAJ à Berlin, les participants apprennent à faire face aux situations difficiles qu'ils peuvent rencontrer pendant leur séjour à l'étranger. Faites comme eux : entraînez-vous à expliquer un mot inconnu. Travaillez à deux. A fait comme si il / elle ne connaissait pas un mot, B joue le rôle du / de la Français(e) qui donne une explication. Puis inversez les rôles.

Partenaire A	Partenaire B
• le baccalauréat • un serveur / une serveuse • un stylo	• une formation • un jardin d'enfants • les frais de transport

POUR VOUS AIDER

C'est une personne qui…
C'est un endroit où…
C'est quelque chose qu'on…
C'est un outil avec lequel on…

5 Travailler en Europe

VOCABULAIRE

1 Mots et expressions utiles (vor SB S. 124, Nr. 6)

a) Trouvez les mots et écrivez-les avec l'article défini ou indéfini qui convient dans les cases jaunes.

appren ate cou dé donnée gas lier moine patri

tissage pillage ran verte

b) Quels verbes vont avec ces noms ? Écrivez les verbes qui conviennent dans les cases vertes devant les noms dans le tableau ci-dessus. (Parfois, plusieurs sont possibles.)

animer faire mettre en place mettre en valeur sensibiliser à

ÉCRIRE

2 La candidature d'Ariane (vor SB S. 124, Nr. 7) → Stratégies Einen Lebenslauf schreiben, Ein Bewerbungsschreiben verfassen

a) Ariane s'intéresse à la première annonce (livre, p. 123). Complétez son CV avec les noms des rubriques.

Qualités Formation Centres d'intérêt Outils informatiques

Expériences professionnelles Compétences

Ariane Weber

Née le 03/04/2006
27, Blumenweg,
70178 Stuttgart
Allemagne
Weber.ari@gmx.net
+49 177 5546872

____

- dessin
- théâtre
- pâtisserie
- shopping
- regarder des séries

____

- organisée
- stricte
- motivée
- créative

____

Depuis 2023 Animatrice en maison de retraite
Animations théâtrales avec professionnels

Depuis 2022 Babysitting

____

Depuis 2018 Lycéenne
Schiller-Gymnasium Stuttgart

____

Langues Anglais
Français

____

- Word
- Powerpoint
- Excel

b) Barrez les informations inutiles ou les éléments à changer dans le CV ci-dessus.

c) Quel(s) point(s) pourrait-elle ou devrait-elle développer ? Discutez à deux.

d) Complétez maintenant la lettre de motivation d'Ariane à partir de son CV.

____
____
____
____
____
____

Mairie de May-sur-Orne
3 rue Eugène Figeac
14320 May-sur-Orne
France

______________, le 13 septembre 2023

Candidature à / au ____

Madame, Monsieur,

Suite à votre annonce sur le site…, je me permets de vous adresser ma candidature au poste de volontaire pour l'éducation.

Je suis actuellement au lycée ____.

Grâce à mon expérience de ______________________, j'ai déjà ______________________

____.

En plus, j'ai une passion pour ______________________________ : je participe à des petits spectacles pour les personnes âgées. Cette expérience dans ______________________ peut aussi être utile pour organiser ______________________________ avec des enfants.

Cette mission me permettrait de ____.

J'espère que ma candidature retiendra votre attention.

(formule de politesse) ____

____.

____

PARLER

3 Se préparer à un entretien d'embauche (vor SB S. 124, Nr. 7)

Vous avez posé votre candidature pour la mission de mise en valeur des chemins de randonnée (annonce n° 2, livre, p. 123). Vous êtes invité(e) à passer un entretien d'embauche en visioconférence bientôt. Pour vous préparer, vous vous entraînez avec un(e) ami(e).

Travaillez à deux : Un(e) élève pose les questions possibles du recruteur / de la recruteuse, l'autre y répond. Puis inversez les rôles. Les mots-clés en allemand vous aident.

Recruteur / recruteuse	Candidat(e)
– Pourriez-vous nous parler un peu de vous, s'il vous plaît ?	– Oui, bien sûr. J'ai… J'habite… et je suis… (Alter • Wohnort • Klasse)
– Pourquoi avez-vous posé votre candidature pour le stage que nous proposons ?	– Je fais du… / J'adore… et… Je pratique… / Je voudrais… (Hobbys • Natur • Sport • Französisch)
– Avez-vous déjà des connaissances ou des expériences dans le domaine du tourisme ?	– Dans le tourisme, non, pas encore. Mais je… (Wandern • schon viele Ideen)
– Pourriez-vous développer votre idée ?	– On pourrait… / Il faudrait…
– Vous êtes capable de travailler en équipe ?	– Oui… (Gruppenarbeit • Mannschaftssport?)
– Et plus tard ? Qu'est-ce que vous voulez faire ? Des études ? Ou une formation ?	– Plus tard, je voudrais faire un apprentissage comme… / travailler comme… / faire des études de…

6 Les jeunes Français et la politique

VOCABULAIRE

1 Les mots pour parler de la politique (1) (vor SB S. 124, Nr. 1)

Trouvez le mot qui correspond à la définition (1–4), puis écrivez une définition (5–6).

1. une personne qui se présente à une élection

   un _ _ _ _ _ _ _ _ / une _ _ _ _ _ _ _ _ _

2. une personne qui a été choisie par les votes des citoyens

   un _ _ _ / une _ _ _ _

3. le / la représentant(e) du pouvoir exécutif d'une ville / d'un village

   un(e) _ _ _ _ _

4. un membre du pouvoir législatif, comme par ex. le Parlement

   un _ _ _ _ _ _ / une _ _ _ _ _ _ _

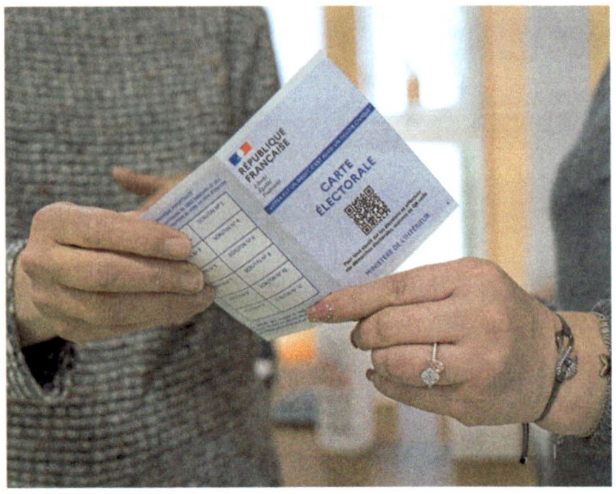

5. un vote blanc : ______________________________

   ____

   ____

6. un moyen d'information : ______________________________

   ____

   ____

LIRE

2 Trouvez l'erreur ! (vor SB S. 125, Nr. 2)

Regardez les infographies (livre, p. 125) et décidez si les affirmations suivantes sont vraies ou fausses. Cochez et corrigez, si nécessaire.

1. La plupart des jeunes ne votent pas parce que les candidats ne leur correspondent pas.

   ☐ vrai ☐ faux Correction : ____________________

2. Trois jeunes sur cinq connaissent leur maire, et trois sur dix leur député.

   ☐ vrai ☐ faux Correction : ____________________

3. Une forte majorité suit l'actualité politique.

   ☐ vrai ☐ faux Correction : ____________________

4. Selon les jeunes, l'égalité femme-homme est un thème prioritaire.

   ☐ vrai ☐ faux Correction : ____________________

7 Ariana, ambassadrice de « Ta voix compte »

ÉCOUTER
SB A5

1 Compréhension orale (nach SB S. 126, Nr. 2)

Écoutez l'émission de radio. Cochez la bonne réponse ou complétez la phrase.

1. Siranouch présente
   - ☐ un ou une jeune qui veut changer la société.
   - ☐ un ou une jeune élu(e) qui arrive à faire bouger les choses.
   - ☐ un ou une étudiant(e) qui analyse les codes de la société.
2. Ariana, une des ambassadrices du projet « Ta voix compte », a _____ ans.
3. Les membres du projet « Ta voix compte » recueillent
   - ☐ des propositions d'autres jeunes sur divers sujets.
   - ☐ des votes pour choisir dix jeunes de milieux variés.
   - ☐ des avis sur quinze idées à propos de l'écologie, l'égalité des sexes et l'éducation.
4. Les idées choisies seront présentées

   ☐ aux députés. ☐ aux conseillers du Président. ☐ aux candidats à l'élection présidentielle.
5. D'après Ariana, dans la société, *(deux bonnes réponses)*
   - ☐ on n'écoute pas les jeunes.
   - ☐ on ne laisse pas les jeunes exécuter des tâches.
   - ☐ on devrait laisser les jeunes construire seuls leurs projets.
   - ☐ on devrait faire participer les jeunes aux décisions qui les concernent.
   - ☐ on devrait organiser plus de référendums pour les jeunes.
   - ☐ on ne sait pas comment motiver les jeunes à aller voter.
6. Selon Ariana et Siranouch, les jeunes sont *(deux bonnes réponses)*

   ☐ sans but. ☐ politisés. ☐ engagés.

   ☐ désintéressés. ☐ immatures. ☐ oubliés.

8 Pourquoi les jeunes ne votent-ils pas ?

VOCABULAIRE

1 Les mots pour parler de la politique (2) (vor SB S. 126, Nr. 1)

Reliez chaque définition au mot qui correspond.

régime dans lequel les citoyens ont le droit de vote •	• majeur(e)
le fait de ne pas aller voter •	• une élection
assemblée qui a le pouvoir législatif •	• la démocratie
le fait de choisir un(e) candidat(e) par un vote •	• concerné(e)
qui a 18 ans ou plus •	• un gouvernement
être actif / active, agir •	• un Parlement
expliquer les choses à qn •	• un parti politique
intéressé(e) •	• l'abstention *(f.)*
organe, composé de ministres, qui a le pouvoir exécutif •	• éclairer qn
association de personnes qui défendent les mêmes idées politiques •	• se mobiliser

ÉCOUTER ET REGARDER

SB V16

2 Compréhension audiovisuelle (vor SB S. 126, Nr. 3 / 4 / 5)

a) Regardez le début de la vidéo jusqu'à 00'24 et cochez la bonne réponse.

Au premier tour des élections,
- ☐ près de 9 jeunes sur 10 n'ont pas voté.
- ☐ les jeunes ont moins voté qu'aux élections précédentes.
- ☐ 27 % des électeurs avaient entre 18 et 24 ans.

b) Regardez la deuxième partie de la vidéo (00'25–01'28). Les jeunes expliquent pourquoi ils ne vont pas voter. Cochez les quatre raisons citées par les jeunes.

- ☐ Voter ne changera rien, alors ça ne sert à rien.
- ☐ Quand on n'est pas indépendant(e) et qu'on ne travaille pas, on ne se sent pas concerné(e).
- ☐ Il n'y a aucun(e) candidat(e) qui vient du même milieu que moi.
- ☐ De toute façon, les candidats ne tiennent jamais leurs promesses.
- ☐ Se déplacer au bureau de vote où on est inscrit(e), ce n'est pas pratique.
- ☐ Un seul jour pour aller voter, ce n'est pas pratique.
- ☐ Leurs programmes ressemblent à de la pub, il n'y a pas de propositions concrètes.
- ☐ On reçoit les programmes trop tard, on n'a pas assez de temps pour les lire.
- ☐ Ils nous parlent comme à des enfants, on ne se sent pas pris au sérieux.
- ☐ Le langage des politiques est trop compliqué, on ne les comprend pas.

c) Regardez la fin de la vidéo. Selon la politologue Céline Braconnier, les jeunes regrettent souvent de ne pas avoir été informés sur la politique. Quels sont, selon elle, les sujets auxquels ils s'intéressent ? Complétez les phrases.

Ils aimeraient qu'au lycée on leur explique plus ce que c'est un ______________________

et comment on construit un ______________________________________.

GRAMMAIRE G15

3 Comment les jeunes voient-ils la politique ? (zu SB S. 130, Nr. 2)

a) Comme le sujet de l'abstention vous intéresse, vous avez interviewé une politologue. À l'oral, vous avez utilisé des questions avec « est-ce que », mais maintenant vous voulez présenter l'interview par écrit. Reformulez les questions ci-dessous en utilisant l'interrogation complexe.

1. Est-ce que les jeunes votent moins qu'avant ?

____

2. Pourquoi est-ce que les jeunes ne se sentent plus concernés ?

____

3. Quelle place est-ce que les politiques donnent aux jeunes ?

____

4. Comment est-ce que les partis classiques ont abordé le sujet de la jeunesse ?

____

5. Est-ce que la situation est inquiétante ?

____

6. Est-ce que l'engagement est une valeur qui disparaît chez les jeunes ?

____

LIRE

b) Voici les réponses de la politologue aux questions de a). Elles ont été notées dans le désordre. Indiquez le numéro de la question à laquelle se rapporte chaque réponse.

A	Ça dépend lesquels. Il y a des candidats pour qui les jeunes jouent un rôle important et d'autres non.	
B	Il n'y a plus vraiment de parti classique… Mais ceux qui y ressemblent le plus n'ont pas considéré ce sujet comme prioritaire.	
C	Ah oui, tout à fait, parce que ceux qui participent aux élections votent pour les extrêmes…	
D	Oui, ils s'abstiennent plus. Il y a cinq ans, l'abstention était moins élevée.	1
E	Non, je dirais que le vote se trouve en concurrence avec d'autres formes de participation. Mais les jeunes sont prêts à s'engager, en bloquant un lycée par exemple.	
F	Parce qu'ils ont l'impression que les politiques ne pensent pas à eux.	

ÉCRIRE

4 Mon voyage en Europe (nach SB S. 126)

Noah fait un voyage en Europe pour savoir ce que c'est, être « citoyen(ne) européen(ne) ». C'est son « projet Europe » qu'il raconte sur son blog. Imaginez son voyage (cadre : échange / projet / … ; où ? ; but ? etc.) et écrivez son billet de blog.

On prépare le DELF

Mit dem DELF-Zeugnis hast du einen Trumpf in der Hand! Mit den folgenden Übungen, die dem Niveau einer Prüfung DELF B1 version scolaire entsprechen, kannst du für die echte Prüfung trainieren.

Zum Ablauf: Für das Hörverstehen hast du ungefähr 25 Minuten zur Verfügung; starte die Tonaufnahme, alle Pausen sind berücksichtigt.
Für das Leseverstehen und für das Schreiben stehen dir 45 Minuten zur Verfügung.
Der 3. Prüfungsteil, Schreiben, dauert 45 Minuten.
Der 4. Prüfungsteil, Sprechen, dauert 15 Minuten, plus 10 Minuten Vorbereitungszeit.

Hinweis: Wie bei der echten DELF-Prüfung tauchen unbekannte Wörter auf, die du aber im Zusammenhang meistens verstehen kannst. Bei den Ankreuzaufgaben sind manchmal auch 2 Antworten richtig. Findest du das Wort „Justification", trage die Textstelle ein, die deine Wahl begründet.

Compréhension de l'oral

25 points

Vous allez entendre plusieurs enregistrements qui correspondent à des documents différents.

Pour chaque document, vous aurez :
- 30 secondes pour lire les questions ;
- une première écoute, puis 30 secondes de pause pour commencer à répondre aux questions ;
- une deuxième écoute, puis 30 secondes de pause pour compléter vos réponses.

Répondez aux questions en cochant la / les bonne(s) réponse(s).

ÉCOUTER
A7

Exercice 1

7 points

Écoutez la conversation et cochez les bonnes réponses.

1. Il s'agit d'une discussion sur
   - **A** ☐ le sport.
   - **B** ☐ les médias.
   - **C** ☐ les vacances. **1 point**

2. Que veut faire Léa ?
   - **A** ☐ aller sur Insta
   - **B** ☐ aller en vacances
   - **C** ☐ aller faire du sport **1 point**

3. Qu'est-ce que Tim est en train de faire ?
   - **A** ☐ poster des photos
   - **B** ☐ faire des selfies
   - **C** ☐ réparer son smartphone **1 point**

4. Que pense la mère de Tim ?
   - **A** ☐ Elle est d'accord avec Léa.
   - **B** ☐ Elle trouve que son fils est accro.
   - **C** ☐ Elle aimerait partir en vacances. **1,5 point**

5. Qu'est-ce que Tim a perdu ?
   - **A** ☐ du matériel et des outils
   - **B** ☐ le sens de la réalité
   - **C** ☐ son smartphone **1 point**

6. Sam pense que Tim est
   - **A** ☐ accro.
   - **B** ☐ fou.
   - **C** ☐ malade. **1,5 point**

ÉCOUTER
A 8

Exercice 2

9 points

Écoutez le podcast et cochez les bonnes réponses.

1. Il s'agit d'un podcast
   - A ☐ scientifique.
   - B ☐ culturel.
   - C ☐ littéraire.

   1 point

2. Quand est-ce que les huguenots français sont arrivés en Allemagne ?
   - A ☐ au 17e siècle
   - B ☐ au 18e siècle
   - C ☐ au 19e siècle

   2 points

3. Quel(le) a été le premier Allemand / la première Allemande célèbre à s'installer en France ?
   - A ☐ Sissy
   - B ☐ Pierre Brice
   - C ☐ Heinrich Heine

   1 point

4. Parmi ces femmes, laquelle n'a jamais été actrice ?
   - A ☐ Anna Seghers
   - B ☐ Romy Schneider
   - C ☐ Hanna Schygulla

   1 point

5. Pourquoi est-ce que Romy Schneider est venue à Paris ?
   - A ☐ pour sortir de son rôle de Sissy
   - B ☐ pour commencer une nouvelle carrière
   - C ☐ pour retrouver Sissy

   1,5 point

6. Pourquoi est-ce que Stéphane Hessel est venu à Paris ?
   - A ☐ pour retrouver un ami
   - B ☐ pour suivre sa mère
   - C ☐ pour s'engager

   1 point

7. Lesquels de ces livres sont de Stéphane Hessel ?
   - A ☐ Engagez-vous !
   - B ☐ Excusez-vous !
   - C ☐ Indignez-vous !

   1,5 point

ÉCOUTER
A 9

Exercice 3

9 points

Écoutez le podcast et cochez les bonnes réponses.

1. C'est un podcast sur
   - A ☐ le tourisme.
   - B ☐ le changement climatique.
   - C ☐ la pêche en mer.

   1 point

2. Où se trouve la reportrice ?
   - A ☐ en Inde
   - B ☐ sur l'île Maurice
   - C ☐ à Madagascar

   1 point

3. Quels sont les problèmes de la première île dont parle la reportrice ?
   - A ☐ le manque d'eau
   - B ☐ les touristes
   - C ☐ la faim

   1,5 point

4. Quels sont les dangers qui menacent les autres îles mentionnées ?
   - A ☐ les cyclones
   - B ☐ la montée des eaux
   - C ☐ la faim

   1,5 point

5. Le niveau de l'océan Indien monte de
   - A ☐ 5,6 millimètres par an.
   - B ☐ 5,6 centimètres par an.
   - C ☐ 5,6 millimètres par siècle.

   1 point

6. Quelle est l'île dont on ne parle pas dans le reportage ?
   - A ☐ les Maldives
   - B ☐ Samoa
   - C ☐ Bora Bora

   1 point

7. Quelles seraient les solutions au problème ?
   - A ☐ construire des barrières
   - B ☐ réduire la consommation
   - C ☐ dépenser moins d'énergie

   2 points

2 Compréhension des écrits

25 points

Exercice 1

8 points

Vous voulez proposer à un(e) ami(e) d'aller au cinéma. Lisez d'abord les résumés.

1 Quand on a 17 ans
Ce film raconte l'histoire de deux lycéens, Tom et Damien. Tom est fils de militaire et Damien vit avec sa mère. Celle-ci doit aller à l'hôpital. Damien va habiter chez Tom. Au début, Tom est très violent avec Damien. Mais leur relation va évoluer.

2 Comme un lion
Mitri, un jeune de 15 ans, habite au Sénégal. Il a un rêve : partir en Europe et être footballeur professionnel. Un jour, son rêve devient réalité : il quitte son pays pour aller à Paris. Mais là, la situation n'est pas facile. L'aventure de Mitri commence.

3 Problemos
Un couple de jeunes parents fait un séjour dans une communauté alternative. Le groupe lutte contre la construction d'une grande piscine dans une zone naturelle. Un jour, en sortant du camp, ils réalisent qu'il y a eu une pandémie et qu'ils sont les derniers survivants. Entre prémonition, satire et humour absurde, un film qui pourrait devenir culte !

4 Guerre et paix
Ce grand fim de guerre américano-italien avec Henry Fonda et Audrey Hepburn retrace l'histoire difficile entre la comtesse Natacha Rostov, le prince Andrei Bolkonski et son ami Pierre Bezoukhov avec en arrière-plan la campagne de Russie de Napoléon et la bataille d'Austerlitz.

5 Le grand bain
Dans cette comédie émouvante, sept hommes de 30 ans et plus font face à des difficultés familiales ou professionnelles. Ils retrouvent une motivation en se préparant aux championnats du monde de natation synchronisée, une discipline jusqu'ici plutôt féminine… Ils progressent grâce à leurs deux entraîneuses motivées elles aussi.

6 Le retour
Dans ce film russe, deux frères turbulents, Andrei et Ivan, vivent seuls avec leur mère. Un jour, leur père revient à la maison et propose aux deux garçons d'aller dans la nature pêcher et faire du camping. Le voyage en voiture commence bien, mais le père prend la direction d'une île abandonnée et un grave évènement arrive…

À qui allez-vous proposer quel(s) film(s) ?
Attention, 2 personnes ne correspondent à aucun film.

Personnes	Films	1	2	3	4	5	6
A Victor aime les films historiques.		☐	☐	☐	☐	☐	☐
B Au cinéma, Lola aime voir des paysages déserts grandioses.		☐	☐	☐	☐	☐	☐
C Mira adore les comédies musicales.		☐	☐	☐	☐	☐	☐
D Julien préfère les drames familiaux intenses.		☐	☐	☐	☐	☐	☐
E Kylian aime les films sur les défis sportifs.		☐	☐	☐	☐	☐	☐
F Cindy adore les films de super-héros.		☐	☐	☐	☐	☐	☐
G Ben aime les films sur les relations entre ados.		☐	☐	☐	☐	☐	☐
H Ce qui plaît à Samira, ce sont les films drôles.		☐	☐	☐	☐	☐	☐

Exercice 2

9 points

Vous lisez cet article sur Internet.

Les trottinettes électriques sont-elles vraiment écologiques ?
Nous avons entrepris l'évaluation des trottinettes pour la ville de Paris, en étudiant comment le bilan carbone[1] de la mobilité parisienne a été impacté par l'arrivée de ces véhicules partagés sur l'année 2019. D'abord, les reports modaux[2] kilométriques ont été estimés sur la base d'une enquête spécifique conduite dans les rues parisiennes à l'été 2019 : deux tiers des km parcourus par les utilisateurs de trottinettes étaient parcourus avant en métro et en RER, un quart des km l'étaient en vélo et à pied. Seuls 7 % des kilomètres parcourus en trottinette ont remplacé la voiture (personnelle ou taxi). Les déplacements parisiens ont diminué de 150 millions de kilomètres sur un an, grâce aux trajets plus directs en trottinette. Un modèle a ensuite été développé pour évaluer l'impact carbone des principaux modes de transport à Paris sur leur cycle de vie complet : manufacture, utilisation, réparations et fin de vie des véhicules. [...]

Le bilan carbone
Notre modélisation montre que les trottinettes partagées à Paris auraient généré des émissions de gaz à effet de serre supplémentaires : environ 13 000 tonnes en un an – soit l'équivalent des émissions annuelles d'une ville française de 16 000 habitants. Trois raisons expliquent ce mauvais bilan : l'impact de la manufacture, la logistique liée à la flotte, et les reports modaux de transports peu émissifs. Premièrement, considérant une durée de vie de 3 750 km avant d'être jetée, l'impact carbone de la production de la trottinette rapporté au kilomètre reste important. Ensuite, les émissions liées à la logistique de la flotte entre Paris et la proche banlieue sont très importantes à cause de l'utilisation de vans diesel. Certaines entreprises qui proposent des trottinettes à la location sont passées aux vans électriques, réduisant leur impact carbone, mais pas assez pour rendre les trottinettes électriques plus performantes que les transports en commun ou les modes actifs (c'est-à-dire quand on fait un effort physique pour se déplacer). [...]

Quelles bonnes pratiques ?
Réduire les émissions liées à la logistique de la flotte peut passer par l'optimisation des véhicules de collecte, des endroits où la maintenance est faite, ou le passage aux batteries portatives. On peut aussi faire totalement disparaître cet impact en... achetant sa trottinette. Une trottinette personnelle bien entretenue peut durer 15 000 km : elle devient alors aussi performante que les transports en commun à Paris, et bien plus performante dans la plupart des autres villes.

Extrait de: The Conversation, 22/09/2020, Les trottinettes électriques, bonnes ou mauvaises pour le climat ?; autrice : Anne de Bortoli (texte écourté et modifié)

Pour répondre aux questions, cochez la ou les bonne(s) réponse(s).

1. Ce texte est

A ☐ une étude scientifique sur les trottinettes électriques.
B ☐ une description des moyens de transport à Paris.
C ☐ une publicité pour les trottinettes électriques. **1 point**

2. Quelle proportion des kilomètres parcourus en trottinette ont remplacé des kilomètres parcourus avant en métro ou RER ?

A ☐ 1/3 **B** ☐ 2/3 **C** ☐ 3/4 **1 point**

3. Quelle proportion des kilomètres parcourus en trottinette ont remplacé des kilomètres parcourus avant en voiture ?

A ☐ moins d'un dixième **B** ☐ exactement un dixième **C** ☐ plus d'un dixième **1 point**

1 le bilan carbone l'empreinte écologique **2 un report modal** le fait de changer son mode de circulation / le moyen de transport qu'on prend habituellement pour se déplacer

4. Pourquoi la trottinette est-elle plus intéressante que la voiture pour se déplacer ?

A ☐ On arrive plus directement à notre but.

B ☐ Il y a moins de problèmes techniques.

C ☐ Les trottinettes peuvent rouler sur les trottoirs. **1 point**

5. Qu'est-ce qu'il faut prendre en compte pour faire le bilan carbone d'un moyen de transport ?

A ☐ le mode de fabrication

B ☐ la durée de vie

C ☐ la vitesse **2 points**

6. Comment qualifier le bilan carbone des trottinettes partagées ?

A ☐ très bon B ☐ satisfaisant C ☐ insatisfaisant **1 point**

7. Comment améliorer le bilan carbone des trottinettes ?

A ☐ On doit rouler moins vite pour que la trottinette reste performante.

B ☐ Il faudrait acheter sa propre trottinette et bien s'en occuper.

C ☐ Il faut ramasser les trottinettes de location avec un véhicule moins polluant. **2 points**

Exercice 3 **8 points**

Vous lisez cet article sur Internet.

La Bicyclette Verte

Avec la crise du covid et la crise énergétique, de plus en plus d'Européens abandonnent les voyages en voiture, en avion ou en bateau. Pour profiter de ses vacances sans utiliser les moyens de transport polluants, quoi de mieux que le vélo ? Surtout quand il fait beau et chaud ! Quand on est jeune et sportif, il y a bien sûr le vélo classique, bon marché, robuste et économique. Quand on est un peu plus âgé, on peut passer au pédélec ou vélo électrique. Le seul problème avec le pédélec, c'est l'autonomie. Il faut s'arrêter tous les 80 à 100 km pour recharger la batterie. On doit donc prévoir des étapes dans des gîtes ou des hôtels ayant un garage pour vélos. Ces pédélecs sont encore très chers, donc il vaut mieux les mettre à l'abri. Ensuite, il vous suffit de planifier votre itinéraire sur une appli comme komoot ou sur un site comme « La Bicyclette Verte » et hop, vous pouvez partir sans problème dans toute l'Europe sur les véloroutes européennes…

Les « EuroVelo routes » sont au nombre de 17. Elles permettent de parcourir l'Europe à vélo du nord au sud, d'est en ouest, en long, en large et en travers. Ces 17 parcours de l'Union européenne ne sont pas tous aboutis, certains étant uniquement à l'état de projet. D'autres sont quasiment terminés (balisés et en site propre) comme l'EuroVelo 6 (Atlantique – mer Noire), la Véloroute du Rhin (EuroVelo 15) ou la ViaRhôna (EuroVelo 17).
Ces véloroutes européennes sont en tout cas une belle opportunité de développer le tourisme vélo ainsi que les déplacements quotidiens via ce moyen de locomotion économique et écologique. À côté des initiatives européennes, les pays aussi s'organisent pour promouvoir leurs terroirs et leurs atouts. Ils développent ainsi des itinéraires vélos nationaux, régionaux ou transrégionaux. On peut citer, pour le cas de la France, la Vélo Francette, la Flow Vélo ou encore la baie de la Somme à vélo. L'Allemagne a développé la Moselle à vélo ou le Tour du lac de Constance à vélo et bien d'autres encore. Les Pays-Bas ont un réseau cyclable tellement dense que la liste est très longue.

Des vacances à vélo inspirées de ces itinéraires

À « La Bicyclette Verte », nous nous sommes donc tout naturellement intéressés à ces parcours pour développer et vous proposer des circuits vélos aboutis. Nous avons sélectionné les meilleurs itinéraires vélos puis nous en avons pris les meilleures portions.

Pour répondre aux questions, cochez la ou les bonne(s) réponse(s).

1. Pour quelles raisons les Français ont-ils changé leurs habitudes de voyage ?

   A ☐ la crise énergétique **B** ☐ la crise économique **C** ☐ la crise du covid **1,5 point**

2. Quel est l'autre mot pour dire « vélo électrique » ?

   A ☐ la trottinette **B** ☐ le tandem **C** ☐ le pédélec **1 point**

3. Quelle est la solution en voyage quand le vélo ne produit plus d'électricité ?

   A ☐ s'arrêter dans un hôtel ou un gîte adapté

   B ☐ recharger la batterie

   C ☐ réparer le vélo dans un garage **1,5 point**

4. Comment s'appelle la piste cyclable qui longe la frontière entre la France et l'Allemagne ?

   A ☐ ViaRhôna

   B ☐ Véloroute du Rhin

   C ☐ Véloroute du lac de Constance **1 point**

5. L'EuroVelo 6 va

   A ☐ de la Moselle au lac de Constance.

   B ☐ de l'Atlantique à la mer Noire.

   C ☐ de la baie de Somme à l'Atlantique. **1 point**

6. Parmi ces noms, lequel n'est pas un itinéraire en France ?

   A ☐ la Vélo Francette

   B ☐ la Moselle à vélo

   C ☐ la Flow Vélo **1 point**

7. En quoi le site de « La Bicyclette Verte » est-il utile ?

   A ☐ Il informe sur les circuits vélo en projet.

   B ☐ On y trouve des itinéraires à vélo terminés.

   C ☐ Il est pratique quand on cherche des pistes cyclables autour des villes. **1 point**

3 Production écrite

25 points

Vous avez reçu ce message d'un ami. Répondez-lui. (160 mots minimum)

E-MAIL

Salut !
Comme j'ai eu 15 ans cette année, je voudrais faire un petit stage en Allemagne pour avoir une expérience professionnelle mais aussi pour améliorer mon allemand. Tu crois que c'est possible ? Qu'est-ce que tu me conseillerais ? Où est-ce que je pourrais faire un petit stage d'une ou deux semaines à ton avis ?
Merci d'avance pour ta réponse. À bientôt !
Jamel

4 Production orale

25 points

Cette épreuve d'expression orale comporte 3 parties.
Vous avez 10 minutes de préparation pour les parties 2 et 3.

Exercice 1 – Entretien dirigé

(2–3 minutes)

1. Vous vous présentez.
2. Parlez de vous, de vos activités, de vos centres d'intérêt.
3. Parlez de votre passé, de votre présent et de vos projets.

Exercice 2 – Exercice en interaction

(3–4 minutes)

Exprimez votre point de vue sur un des sujets suivants (au choix) :

Sujet 1	Vous avez publié une photo de votre ami(e) sur un réseau social sans lui demander son autorisation. Maintenant, votre ami(e) est furieux / furieuse et ne veut plus vous parler. Vous vous excusez auprès de lui / d'elle et vous lui demandez pardon. L'examinateur / L'examinatrice[1] joue le rôle de votre ami(e).
Sujet 2	Vous êtes dans un magasin de vêtements avec un(e) ami(e). Vous remarquez que cet(te) ami(e) sort du magasin avec un vêtement qu'il / elle n'a pas payé. Vous le / la persuadez de retourner dans le magasin et de rapporter le vêtement volé. L'examinateur / L'examinatrice[1] joue le rôle de votre ami(e).
Sujet 3	Vous êtes en vacances avec un(e) ami(e) et vous faites des photos au bord de la mer. Tout à coup, votre ami(e) vous demande de lui prêter votre smartphone pour faire un selfie de vous deux. Hélas, il / elle laisse tomber votre smartphone dans la mer. Vous êtes très en colère. Vous lui exposez vos problèmes, maintenant que vous n'avez plus de smartphone. L'examinateur / L'examinatrice[1] joue le rôle de votre ami(e).
Sujet 4	Vos parents vont rentrer tard ce soir. Ils vous demandent de préparer le repas pour votre petite sœur. Mais vous avez un problème. Vous avez promis à votre ami(e) de l'accompagner au cinéma ce soir. Vous essayez de trouver une solution avec vos parents. L'examinateur / L'examinatrice[1] joue le rôle de votre mère ou de votre père.

1 Le rôle de l'examinateur / l'examinatrice peut être joué par votre prof ou un(e) autre élève.

Exercice 3 – Expression d'un point de vue

(5–7 minutes)

Choisissez un des deux sujets. Ensuite, dites de quel sujet il s'agit et donnez votre avis personnel en 3 minutes environ.

Sujet 1	Enfin les vacances ! Toute la famille se prépare… et la voilà prête à partir. Mais qu'est-ce qu'on fait du chien ou du chat pendant quatre semaines ? Chaque année, des centaines de chats et de chiens sont abandonnés au bord des routes. Parfois, nos animaux domestiques commencent à devenir problématiques parce qu'ils nous empêchent de réaliser certains projets. D'un point de vue juridique, un animal est considéré comme un objet. Pourtant, les chiens et les chats expriment des émotions.
Sujet 2	Drame à Lyon : Lundi soir, à Lyon, deux jeunes de 15 et 17 ans qui circulaient à deux sur une trottinette électrique sans casques sont morts dans un accident. Ils roulaient sur une voie de bus et ils ont été tués dans une collision avec une ambulance. Le conducteur de l'ambulance est sous le choc. Les parents des jeunes expriment leur colère et leur tristesse.